西部
文化
旅游丛书 LOYOU CONGSHU
XIBU WENHUA

西部文化旅游丛书 LÜYOU CONGSHU XIBU WENHUA

丝绸之路上的传说

SICHOU ZHILU SHANG DE CHUANSHUO

行走丝路 心有归处

李尚杰 国馨月◎编

敦煌文艺出版社

图书在版编目（C I P）数据

丝绸之路上的传说 / 李尚杰，国馨月编. -- 兰州 : 敦煌文艺出版社，2019.11（2022.9重印）
ISBN 978-7-5468-1842-9

Ⅰ. ①丝… Ⅱ. ①李… ②国… Ⅲ. ①民间故事-作品集-西北地区 Ⅳ. ①I277.3

中国版本图书馆 CIP 数据核字（2019）第 248394 号

西部文化旅游丛书

丝绸之路上的传说

李尚杰 国馨月 编

项目策划：杨继军
项目负责：田 园 马吉庆
项目统筹：马吉庆 徐 淳
责任编辑：张明钰
装帧设计：吉 庆

敦煌文艺出版社出版、发行
地址：（730030）兰州市城关区读者大道 568 号
邮箱：dunhuangwenyi1958@163.com
0931-2131372 （编辑部） 0931-2131387（发行部）

兰州银声印务有限公司印刷
开本 787 毫米 ×1092 毫米 1/16 印张 13 字数 200 千
2020 年 1 月第 1 版 2022 年 9 月第 2 次印刷
印数：2001 ~ 5400

ISBN 978-7-5468-1842-9
定价：68.00 元

目录 | CONTENTS

华山老君犁沟

华山自古以“险”著称，那些险道，段段都是有故事的，老君犁沟就是其中之一。

老君犁沟是群仙观到猢狲愁间的一段沟状险道，深不可测，有石头台阶五百七十多阶，两旁有铁链下垂。传说古时候，在华山下有一个大财主，家门口挂着“乐善好施”的金字匾，可他的心肠却黑透了。他打着修桥补路做好事的幌子，到处招摇撞骗。有一年，他说是要给华山上的神修路，骗了不少钱，又逼着那些交不起租子的穷苦佃户和长工们来华山修路，指明要在北峰下边那段光溜溜的石坡上修出一条路来。

长工们来到山下一看，这山如同刀削斧劈一般光滑陡峭，滑得站都站不住，怎么修路啊？但是不修的话，财主肯定不会放过他们。长工们只好硬着头皮干活。由于工程很难，在开山凿石的时候，很多长工都受了伤，还有些人从峭壁上摔了下去，断手断脚甚至送了命。大家满肚子苦楚无处诉说，天长日久便凝聚成了冲天的怒气，惊动了太上老君。

太上老君动了恻隐之心，便骑着青牛来到华山，想替这些苦命人修路。他把随身携带的如意变成了铁犁，解下丝绦化作缰绳，驾上青牛，扶着铁犁，在这光滑的石坡上犁了起来。华山云雾弥漫，山摇地动，一条路出现在石坡上。太上老君让牛卧在一边休息，又把犁挂在北峰后的石壁上，腾云驾雾而去。长工们看到路已经修成，都欣喜若狂。为了感谢太上老君，大家便给这条路起名为“老君犁沟”，将青牛卧过的地方叫作“卧牛石”。时至今日，“老君犁沟”石壁上的条条“犁痕”还在，沟里还有“老君挂犁处”景观，原置铁犁一张，高丈余，游人每至此，皆履险攀崖，手扶其犁，以祈请农事吉祥。

玉女峰的传说

峻险峭拔的华山，远望像一朵盛开的莲花，东西南北四峰是花瓣，中峰是花芯，又被称作“玉女峰”。

据传，玉女是春秋战国时期秦穆公的爱女，出生后日夜啼哭不止，但当她见到邻国进献的一块晶莹剔透的碧玉时，立即停止了哭泣，秦穆公就让人把这块碧玉挂在宫中。玉女周岁时，秦穆公拿出许多金银珠宝、脂粉、笔砚让她抓，但是她都拂而不取，只抓住那块玉。秦穆公见此，便给她起名叫弄玉。

弄玉逐渐长大，出落得姿容无双，聪明无比。她酷爱音乐，尤其擅长吹笙。于是，秦穆公请能工巧匠将那块碧玉雕琢成一支碧玉笙，弄玉用它吹出了美妙动人的乐曲，甚至吹出了百鸟的叫声。人们都说，弄玉公主能作“凤凰鸣”。秦穆公很高兴，专门为女儿修建了一座凤楼。

转眼，弄玉十五岁了，许多王孙公子向她求婚，可她一概不允，一心要选志同道合、通晓音律的人做伴侣。秦穆公便派人四处寻访，却一直没有找到合意的人。一个月明如镜的晚上，弄玉在凤楼上临窗吹笙，声音清越，响入天际。忽然，微微的风中传来箫声，好像在与她的笙曲相和。当晚，弄玉梦见西南方天门洞开，五色霞光灿烂，一位美男骑彩凤而来，立于凤台之上，倚栏吹箫，彩凤舒翼鸣舞。第二天，弄玉把梦中的情形告诉了秦穆公，秦穆公又派人寻找，果然在华山找到了这样一个人。他名叫萧史，长得一表人才，精通音律，尤其擅长吹箫。吹奏第一曲，清风习习而来；第二曲，彩云四合；吹奏至第三曲，只见白鹤在空中舞蹈，孔雀栖于林际，百鸟和鸣，久久不散。秦穆公很高兴，便让弄玉与萧史完婚，并拜萧史为中大夫。

萧史虽然为官，但并不参与朝政，只与弄玉住在凤楼上，每日吹箫品笙，感情深厚。半年后的一个夜晚，夫妇二人月下吹箫，忽然有一龙一凤落在凤楼上。萧史对弄玉说："我本来是上界[①]的仙人，与你有夙缘，但不应该常住人间。现在龙凤来迎接，我们可以走了。"弄玉舍不得父母，萧史却说："既然已经是神仙，就不要有那么多的儿女情长了。"于是萧史和弄玉乘龙，向华山而去。秦穆公思念女儿，便派人追至华山中峰，可是怎么也找不到，便让人在明星崖下建祠纪念。从此，人们便把中峰叫"玉女峰"。

现在，玉女峰上仍有玉女洗头盆、玉女梳妆台、玉女洞、萧史洞等遗迹，石洞西边还有一个龙窟。据说，每当萧史吹起箫来，神龙便会卧在这里。

---

①上界：民间故事中/传说故事中，指天上神仙居住的地方。

华山下棋亭

华山东峰之侧，有一座宽仅盈丈、四周孤峭的小山。山顶上有一座小小的棋亭，据说当年秦昭王用钩梯登上华山，曾在这里与神仙下象棋，而“赵匡胤下棋输华山”的故事也与这里有关。

当时，赵匡胤在后周世宗柴荣的手下做军校。他从小就酷爱下象棋，但军营里会下棋的人并不多，所以他从来没有输过。一天，柴荣派他带着文书，到陕西某地去和一支义军联络。当他途经华山的时候，看见一个道士在集镇上摆起了棋局。有不少人上前应战，却纷纷败下阵来，让道士赚了不少银两。

赵匡胤看了一会儿，觉得以自己百战百胜的水平，一定可以胜过这个道士，所以跃跃欲试。可是他浑身上下一摸，发现带的银两不够下注，怎么办呢？他想了想，索性把装着文书的包袱作抵押，和道士下起了棋。

这局棋表面上看起来非常简单，只要走几步就能轻而易举地取胜，可渐渐地,局势却发生了意想不到变化。原本处于下风的道士妙招迭出,把赵匡胤“杀”得节节败退。赵匡胤使尽了浑身解数，终是无力回天。但赵匡胤并不服气，认为自己是一时大意，所以请道士再下一局。

道士收下了赵匡胤的包袱，又摆好了第二个棋局。这次看起来似乎更加简单，双方优势劣势非常明显，赵匡胤的红棋兵力雄厚，而道士的黑棋士气低迷。赵匡胤沾沾自喜，心想：这下不仅能够拿回装了文书的包袱，还能小赚一笔钱。

道士笑了笑，问他以什么做赌注。赵匡胤已身无分文，便狠了狠心，将自己的佩剑押了上去。

两个人你来我往，激战甚酣。这看似简单的棋局中却蕴含着微妙的变化，年轻气盛又急于求成的赵匡胤渐渐落入了道士的陷阱。赵匡胤不得不承认自己又输了，极不情愿地将剑递给道士。道士接过剑一看，吃了一惊，忙问："这剑是后唐庄宗李存勖所铸，乃是国宝，后来被辽国夺去，现在怎么到了你的手里呢？"赵匡胤知道遇到了高人，便将自己如何在柴荣手下效力，如何在和辽国作战时得到的这把宝剑一五一十地告诉了道士。

原来，这个道士名叫陈抟，后唐长兴年中进士落第，从此不求俸禄官职，以山水为乐，以摆棋局糊口。赵匡胤听了，很尊敬陈抟，而陈抟也看出赵匡胤将来必是不寻常的人物。于是，他把包袱和剑还给了赵匡胤，并送他一句话："世事如棋局，不可自以为高。"赵匡胤谢过陈抟，表示有朝一日如果自己兴旺发达了，便会把华山送给陈抟。

后来，赵匡胤"陈桥兵变，黄袍加身"，成了宋朝的开国皇帝，但他依然记得华山下棋输给陈抟之事。于是，他派人找到了陈抟，把华山赐给了他。据说，宋代三百年间，华山一带的居民都不纳税服役，就是"宋太祖下棋输华山"的结果。

后人为了纪念这段不寻常的棋缘，便在华山上建造了一座棋亭。

西安钟楼

陕西省西安市中心，明城墙内东西南北四条大街的交汇处，有一座中国现存钟楼中形制最大、保存最完整的钟楼。它于明太祖洪武十七年（1384）初建于今广济街口，与鼓楼相对，明神宗万历十年（1582）整体迁移于今址。

好好的钟楼，为什么要迁移呢？民间有着这样一个传说。

据说，明朝的时候关中大地地震频发，死伤了不少人。民间盛传，上古时期，长安地界是一片汪洋大海。后来天倾西北，地陷东南，海水向东流去，但有一条蛟龙不愿意离去，便留在地下暗河中。蛟龙一翻身，关中便有地动，若地动频繁，就是蛟龙将要破地而出，到了那时，海水将会倒灌，关中平原将会再一次被海水淹没。当地知府听了之后，便请来道士、高人前来商讨对策。有道士说，应该在长安城中心修建一座钟楼，因为钟声乃是天地之音、祥瑞之声，钟楼乃是镇锁之物，若将钟楼东迁半里，蛟龙就会被镇住，地动必然消除。

于是知府便命令全城的工匠动手，将钟楼从广济街口向东迁移半里。据说施工之时，曾有巨大的水柱从地下喷出，隐隐有龙头在出水口出现。道士赶紧用宝剑封住出水口，又抛下铁锁链将出水口封住，然后加紧钟楼的迁移工程。

钟楼迁好后巍然屹立，蛟龙被镇在地下，再也没有地动发生了，但是每到农历二月二，用耳朵贴着钟楼下的石碑听，依然可以听见铁链的摩擦和水浪翻滚、波涛澎湃的声音，并伴随着阵阵龙吟，着实让人胆寒。

现在，钟楼上依然悬挂着大钟，而且逢年过节依然会被敲响，祈福平安。

鼓楼巨匾

西安鼓楼，位于西安城内西大街北院门的南端，东与钟楼相望，始建于明洪武十三年（1380）,清康熙三十八年（1699）和清乾隆五年（1740）两次重修。楼上原有一面巨鼓，每日击鼓报时，故称“鼓楼”。

鼓楼上悬挂着两块大牌匾，一块写着“文武盛地”，一块写着“声闻于天”。字体苍劲古朴，可以称为“千古绝笔”。关于这几个大字，还有一段有趣的传说。

据说那是唐朝时候的事。一天，女皇武则天在鼓楼上大宴群臣。他们一边觥筹交错，一边欣赏鼓楼雄伟的风姿。武则天微醺之时，挥毫泼墨，写下了“声闻於天”四个字，可是却少写了一个点。群臣虽有发现，但谁都不敢说出来。后来有一天，武则天从鼓楼下走过，自己发现了这个问题，便命人取来大笔一支，蘸上浓墨，用弓箭射向牌匾，正中那个少了一个点的地方。群臣山呼万岁，称此为神迹。清朝鼓楼重修，有人认为女子执政有违天理，不能“声闻於天”，所以将“於”字做了改动，写成了“于”。

传说毕竟是传说，建于明朝的鼓楼，无论如何也不能得到武则天的御笔亲书，所以这八个大字的写作者当然另有其人。然而，由于年代久远，资料庞杂，关于写作者究竟为何人也是众说纷纭。不论史实究竟如何，这些神奇的传说已经让鼓楼充满了浓厚的历史韵味。

大雁塔

大雁塔位于陕西省西安市南的大慈恩寺内，又名慈恩寺塔，是玄奘为保存由天竺经丝绸之路带回长安的经卷、佛像而主持修建的。

玄奘所著的《大唐西域记》中，记载了“雁塔”一名的由来，据说，这与“僧人埋雁造塔”的传说有关。

很久以前，有一个摩伽陀国，这个国家有一座因陀罗势罗娄河山，那里有一座寺院，僧人们信仰小乘佛教，可以吃三净肉。有一天，一群大雁从空中飞过，一个僧人便对着天空说：“我们没有东西吃了，菩萨应该知道我们饿着肚子呀。”话音刚落，便有一只大雁掉了下来，正好落在院子里。僧人非常吃惊，认为这是菩萨来感化他们，从此之后便不再吃肉，并且在大雁掉落的地方修建了一座佛塔，取名“雁塔”。玄奘于 629 年至 645 年在印度期间，看到了这座佛塔，也听到了这个故事，顿时大受感动。回到长安之后，在慈恩寺译经期间，玄奘便在西院主持修建了仿印度雁塔形式的砖塔。因为信仰大乘佛教，便给佛塔取名为大雁塔。

唐代许多著名的诗人都曾登临大雁塔，并留下了不少传诵至今的名篇佳句和有趣的故事。传说唐中宗神龙年间，进士张莒来到慈恩寺游玩，兴之所至，将自己的名字题在大雁塔下。此后的文人墨客纷纷效仿，到了后来，竟然成为新科进士的一项必做功课——登临大雁塔，并将姓名、籍贯、科考情况等写在大雁塔的墙壁上，以求日后平步青云。若有人日后真的飞黄腾达，位列三公九卿，还要将姓名改为朱笔书写。

在雁塔题名的人当中，最出名的要数白居易。他二十七岁一举中第，写下了“慈恩塔下题名处，十七人中最少年”的诗句。另一位新科进士刘沧则写道：“紫毫粉壁题仙籍，柳色箫声拂御楼。”

尽管新科进士们诗兴不减，但慈恩寺的墙壁毕竟有限。据说到了唐武宗时期，因为宰相李德裕不是进士出身，故深忌进士，便下令让人将新科进士的题名全数除去，此后再也没有新科进士在此乘兴留名了，不过，“雁塔题名”一词却流传了下来，与“金榜题名”一样，成为科举得中的代名词。

如今的大雁塔，在一千年的岁月流转中巍然屹立，向人们讲述着一千年的历史，一千年的故事。

章台柳

汉代长安有一条繁华的街道，名叫章台街，因位于章台（战国秦宫中台名）之下而得名。到了唐朝时，“章台”有了一个缠绵悱恻的爱情故事。

传说唐朝天宝年间，有一个叫作韩翃的人。韩翃虽然家境贫寒，但是颇有才华，结交的也多是社会名流。有一个姓李的富豪，和韩翃颇有些交情。李生家里有一个歌姬，姓柳，一心爱慕韩翃，李生便将柳氏送给了韩翃，从此才子佳人恩爱异常。

后来，韩翃考中了进士，在淄青节度使侯希逸那里为官，因为世道纷乱，他不便携带家眷，就将柳氏留在了家中。为了纾解夫妻两地分居的苦楚，也为了表达对妻子的绵绵相思，韩翃常以诗书遥寄柳氏：“章台柳，章台柳，往日青青今在否？纵使长条似旧垂，亦应攀折他人手。”柳氏也回信给他：“杨柳枝，芳菲节，可恨年年赠离别。一叶随风忽报秋，纵使君来岂堪折！”一晃，三年时间过去了，韩翃忙于公务，加之战乱频发，一直没有回来。柳氏心惊胆战，为了避乱，她便搬到佛寺里居住。谁知有一个叫作沙吒利的胡人将领，仗着自己立下战功，在长安城里横行霸道。他听说佛寺里住着一个姓柳的女子十分美貌，便强行带回了府里。

后来，侯希逸奉旨回京为官，韩翃也随同他来到长安。他兴冲冲地回家，却怎么都找不到柳氏，只能看着往日的书信伤心。一天，他浑浑噩噩地走在街上，身旁缓缓驶来一辆马车。车上的妇人无意中掀开帘子，四目相对的两个人都惊呆了！原来，车上的人正是柳氏。柳氏赶忙差遣侍女向韩翃传话，将自己被沙吒利强占一事告知了韩翃，并告诉他，这一次的相见很可能就是永别。韩翃还没有从重逢柳氏的喜悦中回过神来，就被突如其来的噩耗狠狠地打击了。可是沙吒利位高权重，又是被皇帝宠幸的将领，自己只是一介小小的文官，怎么能斗得过呢？韩翃满心愤懑，日渐消沉下去。

一日，侯希逸的部下们聚会，韩翃心情不佳，毫无兴致。但禁不住大家热情邀请，韩翃推辞不过，只得勉强应付。在酒宴上，大家兴高采烈，唯独韩翃神色沮丧。大家纷纷询问原因，韩翃便把柳氏被沙吒利强占的事说了。酒宴上顿时群情激奋，人人怒火中烧，但面对这样一个“惹不起”的人，人人又都无可奈何。

这时，一个名叫许俊的年轻虞侯站了起来，对韩翃说：“请你给柳氏写一封短信，我能立刻让她前来！”韩翃怕许俊惹祸，不愿意写，而许俊却坚决要求他写。韩翃便写了一封短信，许俊接过信便骑马走了。大家面面相觑，都不知道许俊到底要做什么。许俊骑马出门之后便回到了自己的住处，换了一身铠甲，又来到沙吒利的府邸。他静静地观察、等待，看到沙吒利带着随从出门远去，他便立即冲进了府邸，高喊着：“沙吒利将军突发疾病，请柳夫人前去！”家丁们一时之间都被许俊的威慑镇住，不敢阻拦。许俊见到柳氏，将韩翃手书的短信交给她看，然后带着她策马出门，一路狂奔，来到了韩翃身边。

夫妇二人团聚，抱头痛哭。但是大家都知道，许俊此举已惹怒了沙吒利，搞不好还可能人头落地，家破人亡。这时候，有人将此事告诉了侯希逸。侯希逸虽然觉得许俊鲁莽，但许俊的古道热肠和不畏强权的勇气也让侯希逸赞许有加。于是，侯希逸以强占官员之妻的理由参了沙吒利一本，皇帝下旨，将柳氏还给了韩翃，夫妇二人终于破镜重圆。

后来，“章台柳”便成为“离别”的意象，在诗词文赋中广为应用。

终南山的传说

终南山东起陕西蓝田最东端的杨家堡，西至陕西周至最西界的秦岭主峰太白山南梁梁脊，又名太乙山、地肺山、中南山、周南山，是“道文化”的发祥地。山上有楼观台，附近有一个石砌泉池，名叫上善池，内有一石雕龙头，终年吐水不断。这个上善池，还有一个传说。

相传至元二十年（1283），周至地区发生了严重的瘟疫，死者无数。当时楼观台的监院名叫张志坚，有一天晚上，他做了一个梦，梦见太上老君对他说：“山门前的石板下有一眼泉，泉内有我炼的丹药，可治时下的瘟疫。”张志坚醒后，立即命人在山门前寻找，果然在西边的石板下找到了一眼泉。他让患了瘟疫的道士喝下，两个时辰后，瘟疫竟然奇迹般地好了。张志坚大喜，连忙让道士们将泉水盛出，分给附近的百姓们服用，瘟疫果然慢慢消除了。

三年后，翰林学士赵孟頫游览楼观台，闻听此事十分惊奇。想到《道德经》之中“上善若水，水利万物而不争，处众人所恶”之言，深有所感，遂挥毫题写了“上善池”三字。时至今日，每逢庙会，香客游人仍来此取水，以期祛病延年。

武功报本寺塔的传说

陕西武功，有一座建于宋仁宗宝元二年（1039）的塔，名叫报本寺塔。它东临漆水，西辅香山，依寺建塔，风景秀丽。在历史上，此塔多经修葺，但明朝时候的一次修葺过程却充满了神话色彩。

明嘉靖三十四年（1555），华县大地震波及武功县，报本寺塔被震开了一条一尺宽、数尺长的裂口，塔体也向东北方向倾斜。众人商议箍塔，可是商量来商量去，一直找不到好手艺的匠人，所以箍塔一事便一直搁置着。有一天，一个老头来到武功县，说他可以箍塔，人们非常高兴，便带他去见方丈。老头说："我可以箍塔，但是我有一个条件。我喜欢夜里一个人干活，其他的人必须回避，否则塔是箍不好的。"方丈将信将疑，箍塔可不是一个小工程，一个人半夜怎么干呢？但是老头态度坚决，方丈便同意了他的要求。

夜半三更时分，忽然狂风大作，乌云密布，外面黑得伸手不见五指。过了一会儿，一道道闪电划破长空，一声声炸雷在塔顶响起。倾盆大雨瞬间落下，雨雾弥漫，人们都害怕得关紧了门窗。电闪雷鸣之中，一个身影从塔底腾起，围着塔上下飞旋，塔身抖动着，发出吱吱嘎嘎的响声。不知过了多久，风雷渐渐弱了，大雨也停了下来，东方露出了浅浅的鱼肚白。按捺不住的众人涌向报本寺塔，发现塔端端正正地立在原地，裂缝也不见了，好像它从来就没有损坏过一样。再找那个前来箍塔的老头，到处都找不到了。众人便认为这是神明所为，并演绎为一段奇闻趣谈。

岐山面的传说

岐山面是陕西关中地区的传统特色面食，面条细长，厚薄均匀，臊子鲜香，红油浮面，汤味酸辣，筋道爽口，老幼皆宜。传说它起源于周朝，有着悠久的历史。

相传周文王一行人外出狩猎，行至渭河边，只见一条蛟龙从水中蹿出，腾空而起，张牙舞爪，残害无辜。百姓哀声一片，四散奔逃。周文王令将士放箭射龙，一时空中箭鸣不止。蛟龙在云层中翻腾咆哮，地面上狂风大作，飞沙走石。周文王命将士们继续放箭，不一会儿，一条身长五丈的死龙掉了下来，砸得地面都抖了三抖。周文王让厨师将蛟龙剥皮剔骨，将肉剁成肉丁，加上作料炒成臊子，拌在汤面条里犒赏将士们。将士们食用之后发现鲜美无比，于是这种浇汤臊子面的做法就世代流传了下来。

还有一种传说，岐山有一户人家娶了一个贤惠的儿媳妇，她做的面条滑爽鲜美，人人爱吃。后来，她的小叔子做了地方官员，邀请同僚到家里做客，专门请她做了面。大家吃后赞不绝口,从此“嫂子面”便出了名。由于“嫂”与“臊”谐音，嫂子面便成了臊子面。

宝鸡钓鱼台

钓鱼台位于陕西宝鸡东南 40 公里的磻溪河上，南依秦岭，北望渭水，古柏苍翠，风景秀丽。据说，这里曾是姜太公钓鱼的地方。

传说，周文王外出打猎，在渭水的支流磻溪边上遇见了一位钓鱼的老人。老人须发皆白，看去有七八十岁了。他一边钓鱼，一边不断地唠叨："快上钩呀！愿意上钩的快来上钩！"仔细一看，老人钓鱼的鱼钩离水面有三尺高，并且是直的，上面也没有钓饵。这怎么钓鱼呀？文王十分好奇，便同老人攀谈起来。

原来，老人姓姜名尚，字子牙，他之所以到渭水边来钓鱼，其实是在等待贤明的君主。周文王发现姜尚目光远大，学问渊博，上通天文，下知地理，十分钦佩，就将他接到京城。

文王先将他立为国师，后来又封为国相，人们尊称他为"太公望"。姜尚果然是栋梁之材！他帮助周文王整顿政治和军事，对内发展生产，对外开拓疆土，为灭商奠定了坚实的基础。可惜的是，周文王并没有完成灭商的事业，在他打算征伐纣王的时候，害了一场病死了，然而钓鱼台的美丽传说却一直流传了下来。

黄帝问道崆峒山

距离甘肃平凉市区 12 公里的崆峒山，被称为“道家第一山”。传说黄帝曾来此处，向广成子问道。

据说轩辕黄帝名叫公孙轩辕，因有土德之瑞①，又被人称为黄帝。他战蚩尤，降神龙，统一了中原部落，建立了部落联盟，又和臣民一道做衣冠，造舟车，务桑蚕，定算数，制音律，创医学，发明指南车等，深受人民拥戴。

做了十九年天子之后，黄帝听说有一个叫作广成子的人通晓“至道”，便想前来问“道”。他亲自来到崆峒山，对广成子说：“我听说先生已经通晓至道，想冒昧地请教至道的精华。我一心想获取天地的灵气，用来帮助五谷生长，用来养育百姓。我又希望能主宰阴阳，从而使众多生灵遂心地成长，我应该怎么办呢？”广成子回答说：“你所想问的，是万事万物的根本；你所想主宰的，是万事万物的残留。自从你治理天下，天上的云气不等到聚集就下起雨来，地上的草木不等到枯黄就飘落凋零，太阳和月亮的光亮也渐渐地晦暗下来。然而谗谄的小人心地是那么偏狭和恶劣，又怎么能够谈论大道！”黄帝听了这一席话，十分汗颜，回去以后就弃置朝政，筑起清心寂智的静室，独居三月之后，再次前往崆峒山求教。

---

①土德之瑞：五德之一。古以五行相生相克附会王朝命运，谓土胜者为得土德。

黄帝双膝着地，匍匐向前，叩头着地行了大礼后问广成子："听说先生已经通晓至道，我冒昧地请教，修养自身怎么样才能活得长久？"广成子迅速起身，说："问得好！来，我告诉给你'至道'。一定要保持宁寂和清静，不要使身形疲累劳苦，不要使精神动荡恍惚，这样就可以长生。小心谨慎地摒除一切思虑，封闭起对外的一切感官，智巧太盛定然招致败亡。我帮助你达到最光明的境地，直达那阳气的本原。我帮助你进入到幽深邈远的大门，直达那阴气的本原。天和地都各有主宰，阴和阳都各有府藏①，谨慎地守护你的身形，万物将会自然地成长。我持守着浑一的大道而又处于阴阳二气调谐的境界，所以我修身至今已经一千二百年，而我的身形还从不曾有过衰老。"黄帝再次行了大礼，叩头说："先生真可说是跟自然混而为一了！"

广成子又说："宇宙间的事物是没有穷尽的，然而人们却认为有尽头；宇宙间的事物是不可能探测的，然而人们却认为有极限。掌握了我所说的道的人，在上可以成为皇帝，在下可以成为王侯；不能掌握我所说的道的人，在上只能见到日月的光亮，在下只能化为土块。所以我将离你而去，进入那没有穷尽的大门，从而遨游于没有极限的原野。我将与日月同光，我将与天地共存。"

黄帝一字一句牢记在心，只觉心明眼亮，豁然开朗。回去之后，黄帝居于荆山极高处的昆台上，依广成子所教之道，静修养身。在一百二十岁时，他命人取首山之铜，铸宝鼎于荆山之下。鼎成之日，黄帝也骑龙升天。

---

①府藏：腑脏。五脏六腑的总称。府，通"腑"，藏，通"脏"。

汉武帝崆峒求甘露

武帝刘彻是西汉的第七位皇帝，也是一位杰出的政治家、战略家、诗人。他十六岁登基，加强了中央集权，开创察举制选拔人才，将盐铁和铸币权收归中央，文化上“罢黜百家，独尊儒术”，结束了先秦以来“师异道，人异论，百家殊方”的局面。他攘夷拓土，通西域，是中国历史上一位杰出的帝王。史书记载，他曾六次来到甘肃平凉，并两次登上崆峒山，留下了一些奇妙的传说。

据说汉武帝一生喜爱求仙问道，追求长生之术，于是各路方士纷纷投其所好，进献各种长生秘诀。汉武帝也是来者不拒，什么花粉、玉屑、仙丹妙药统统尝试过，可是身体却并未停止衰老。有一天，有一个方士献上了新的秘法，说饮用甘露可以长生不老。而且他言之凿凿，说甘露乃是天地精华的凝结，是无根之水，无尘之露，通体莹润，轻灵仙巧，当年的周穆王就是饮用了西王母的琼枝甘露，方才长命百岁，最后羽化升仙。汉武帝听了大喜过望，马上命令方士不惜一切代价寻求甘露。

方士面露难色，说甘露珍贵难寻，必须满足几个条件，第一是承接甘露的容器必须是有金柄的大金盘，这样才能如同莲花蕊一般，将甘露凝于其中。第二是承接甘露的地点必须仙气氤氲，钟灵毓秀，这样才能确保甘露的产生。第三是要保证甘露的绝对纯净，除了金盘之外，任何外在的东西绝对不能接触甘露，否则杂质入侵，仙气外泄，长生不老的功效将会消失殆尽。

汉武帝想了想，这三个条件虽然苛刻，需要一定的时间去准备，但也不是没有可能做到的，于是便令方士们讨论承接甘露的地点，又命宫廷巧匠打造三十六个金盘。在地点的选择上，方士们出现了分歧。有的说应该首选五岳，那里上通天庭，下接地府，最有仙气。但马上有人反对，说五岳王气太重，怕是仙气不纯。又有人说蓬莱有仙山，但又有人反对说大海汹涌，仙气不好凝结。之后，北边因为有匈奴的杀气，南边因为有瘴气，纷纷被否决了。到底哪里才是最合适的地点呢？方士们眉头紧锁，苦思冥想。正在这时，有人想到了崆峒山。那里远离战争，遗世独立，而且广成子正是在那里得道成仙，轩辕黄帝也正是在那里领悟“道”的真谛，正是承接甘露最好的选择啊！于是，汉武帝便下旨，在崆峒山设求取甘露的祭典，并亲自前往崆峒山。

方士在崆峒山大费周章，终于选定了三十六个吉祥的位置，摆定了三十六个金盘。汉武帝亲自焚香祷告，祈求上天赐予甘露。然而汉武帝的诚心并没有换来上天的馈赠，一番苦等之后，只有一个金盘里有一滴晶莹剔透的甘露。汉武帝激动不已，忙命方士将金盘捧来，取甘露服用。谁知一阵风吹过，那滴甘露滴溜溜地滚动着，竟从金盘里滚了出去。众人大惊失色，却见甘露落地顿时消失不见，地面上瞬间出现了一个圆圆的小坑，坑中泉水汩汩流出。

方士面如土色，磕头请罪。汉武帝一声长叹，甘露已然落地，必定不会再有长生不老之功，但是好歹应该取水来饮，也算是沾了点仙气，谁知方士连忙劝阻，说甘露入土之后已不可再饮用，但可以用来洗濯双目，必定神清气爽。汉武帝依言照做，果然双目清透。

承接甘露一事以失败告终，但汉武帝认为此乃天意。虽然非常遗憾，但他再也没有逆天道而行再取一次甘露，而是拨转马头，回到了长安。

据说汉武帝活到七十多岁，眼睛始终没有任何毛病。也许那就是甘露泉水的功效吧。

平凉荷花灯的传说

相传，西王母要外出巡游几年，临行前专门给各位神仙安排工作，比如农神要照顾好庄稼，使之茁壮成长，五谷丰登；火神要管好火苗，以免造成灾难；雨神要坚守岗位，勤恳工作；风神则可以放假休息，直到西王母回来的那天。

安排好了大小事务，西王母带领随从巡游去了，各位神仙也回到了各自的位置。谁知问题很快就出现了。原来，在听西王母安排的时候，风神正好打了一个喷嚏，而雨神被喷嚏惊扰，走了一下神，所以两位神谁也没有听清楚西王母给他们安排了什么工作，但是谁也不敢再问一遍，也不好意思去问别的神。西王母走后，风神和雨神凑在一起，雨神说他好像听见了“放假”，风神说他记得西王母说要“勤恳工作”。但是具体是说谁放假，谁工作呢？两位神一商量，就按照自己听到的来吧！

于是，雨神就放心大胆地放假休息了，整日睡得天昏地暗，诸事不管。风神则眼睛一转，有了点小心思：如果西王母真的让自己勤恳工作，那可真要尽忠职守了。如果自己听错了，那么西王母回来看到自己虽然接到了放假的命令，但依然坚守岗位辛勤工作，一定也会十分高兴。所以，无论到底是什么命令，反正自己坚守岗位就对啦！

就这样，泾河大地整日刮风，两天一小风，三天一大风，而雨水却是点滴不降。庄稼被风吹得东倒西歪，渐渐地，土地干旱得裂口子，农神急得跳脚。

而火神则四处奔波，管理着在风中乱窜的火焰，忙得焦头烂额。百姓哀声遍野。为了生活，他们不得不日夜从泾河中打水，浇灌田地，喂养生灵。白日里，拿着锅碗瓢盆打水的百姓成行成列；黑夜里，百姓们手里的灯火照亮了泾河沿岸。天长日久，泾河也快干了。百姓们日夜祈求，希望天降甘霖，希望狂风停止。

等啊等啊，一等就是三年，西王母终于巡游归来。她站在云头上，一眼望见泾河灯火通明，人头攒动，赶忙询问情况，这才得知风神和雨神犯下了大错。西王母一怒之下，撤了风神和雨神的神职，并命令新上任的二神，一旦发现泾河有灯火，在查明情况之后及时降雨。新上任的二位神仙有了前车之鉴，工作起来兢兢业业，泾河两岸从此风调雨顺，五谷丰登。

黎民百姓听了西王母的话，便家家户户制作荷花灯，如果遇到天干地旱，便在泾河里漂放。西王母看到荷花灯，便会及时命令风神和雨神降雨。遇到西王母诞辰等一些重要日子，百姓们为了感念她的恩德，也会精心制作荷花灯到河水中漂放。

针灸鼻祖皇甫谧的故事

皇甫谧，公元215年生于安定郡朝那镇（今甘肃灵台）的皇甫湾。字士安，幼名静，号玄晏先生，其远祖为周初宋国的王公贵族。

据《后汉书》和《晋书》记载，安定郡朝那镇的皇甫氏是东汉累世富贵、声名显赫的士族。皇甫谧八世祖皇甫儒为安定都尉，七世祖皇甫棱出任度辽将军，六世祖皇甫旗为扶风都尉，五世祖皇甫节为雁门太守，曾祖皇甫嵩官拜征西将军，官至太尉，封侯荫子。祖父皇甫叔献当过霸陵令，父亲皇甫叔侯仅举孝廉。但孝廉不是政府官员，没有俸禄，皇甫家族从此衰落下来了。

皇甫谧两岁时，生母去世了，父亲无力养活他，便把他过继给叔父，由叔母任氏抚养，后又随叔父叔母迁居新安（今河南渑池）。叔父叔母以务农为生，因此皇甫谧从小就过着贫苦的生活。

据说皇甫谧少不知学，十七八岁时，还和朋友一起四处游荡，玩一些拿着棍棒打仗的游戏。如果叔母批评他，他还会找一些瓜果，讨好叔母，所以人人都说他是个傻子。叔母流着泪对他说："你今年快二十岁了，却依然不知道学习，自己一点也没有想过这个问题吗？你修身笃学，获益的是你自己，和我有什么关系呢？孟母三迁，让孟子成材，难道是因为我没有选择好的邻居，所以在教育你这方面做得有所欠缺吗？"

皇甫谧听了非常感动，从此洗心革面，悉心向学，并开始有了自己的远大志向。他白天劳作，晚上刻苦读书，有时候甚至忘记了吃饭，别人叫他去玩，他也全都拒绝了，甚至亲戚邻里婚丧嫁娶一应事宜，他也是能推就推。因为好学、博览，皇甫谧有了深厚的积累，二十六岁时，第一部著作《帝王世纪》便问世了。四十二岁左右，他得了风痹症，耳聋目呆，半身瘫痪，痛苦不堪，甚至操刀自杀，但是被叔母劝阻下来。于是他开始悉心研究医学，特别是利用自己的身体练习针灸之术，撰辑了划时代的医学著作《针灸甲乙经》，总结了晋以前的针灸学成就。他一生七次被征召为官，但终身不仕，却向晋武帝写信借书，并得到了武帝的赠书一车。他被人称作“书淫”，意思是爱书如好色。他一生撰写了《释劝论》《笃终论》《三都赋序》等著作，成为魏晋时期最著名的布衣学者。

在去世之前，皇甫谧又提出了一个惊世骇俗的要求：“我死了以后，朝死夕葬，夕死朝葬。不设棺椁，不加缠敛，穿平常的衣服。选择一块不毛之地，挖一个深十尺，长一丈五尺，宽六尺的坑，埋了就行。”这位安贫乐道、淡泊名利的学者，就这样走完了自己的一生，却留下了文学、史学、医学等方面的诸多建树，特别是在针灸学方面，做出了卓越的贡献。

庄浪云崖寺

云崖寺位于甘肃庄浪韩店乡东南，距离庄浪县城 28 公里。寺内石窟众多，景色秀丽。以云崖寺为中心，附近有著名的朱林寺、大寺、西寺、乔阳寺、金瓦寺、佛沟寺等八大寺，以及店湾、店峡、木匠爷崖石窟和三教洞，形成一条蔚为壮观的石窟群。经考古研究发现，云崖寺石窟始凿于北魏后期，距今已有一千六百多年的历史，每个时代几乎都是僧道云集。经过数朝修缮，到明朝时进入鼎盛时期，清末开始逐渐衰落。

远望云崖寺，山呈麦垛状，与周围群山呼应连绵。正面山峰绝壁陡立，绝壁中央分布着三层建筑，看上去像是嵌在峭壁上，令人惊叹不已。顶峰为玉皇顶，东台后面有笔架峰，西台后面有狮子峰，南台后面有升云峰，北台后面有神仙桌峰。山前长岭上有两条石缝，传说是一位喇嘛施用法术，从金牛峰盗得金牛后没牵住，牛又从前山钻了进去，这条石缝就是被金牛挤破的，民间称“金牛鼻子”。在众多峭壁间，最具传奇色彩的一座叫“舍身崖”。传说在云崖寺建好之后，有一位笃信佛教的木工不慎从此处坠下悬崖。人们认为他参建寺庙是一件大功德，如今功德圆满，成佛去了。为了纪念他，人们便称此崖为“舍身崖”，也称“木匠崖”，并为其凿洞塑像，造像至今还保存于崖洞中。

张家川之名的来历

张家川回族自治县之名的由来，据说与汉代著名外交家张骞出使西域有关。

西汉自开国以来，西域问题一直存在，匈奴日渐膨胀的势力对西汉王朝构成了严重的威胁。汉武帝决定采取远交近攻的策略，联合大月氏及西域诸国共同抗击匈奴，“断匈右臂”。

建元三年（前138），汉武帝招募使者出使大月氏。张骞应募，率领一百多名随行人员，以匈奴人堂邑父为向导，于长安出发，前往西域。当他们穿越河西走廊之时，不幸被匈奴人俘获。

匈奴为软化张骞，打消其出使大月氏的念头，进行了种种威逼利诱，甚至给他找了一个匈奴妻子，并孕育了五个孩子，但是张骞坚贞不屈，始终没有动摇出使大月氏的决心。就这样，张骞被匈奴软禁了十年之久。

元光六年（前129年），张骞趁匈奴人不备，带领随从逃出了匈奴人的控制区。但在留居匈奴期间，西域的形势已发生了变化。乌孙国在匈奴的支持和唆使下进攻月氏，月氏人被迫从伊犁河流域继续西迁，进入咸海附近的妫水地区另建家园。张骞了解到这一情况后，经车师改道西南，翻越葱岭，直达大宛（今乌兹别克斯坦费尔干纳盆地）。

这是一次极为艰苦的行军。大漠戈壁，飞沙走石，热浪滚滚；高山崎岖难行，冰雪皑皑，寒风刺骨。张骞一行出走得匆忙，没有做充分的准备，一路上饱尝艰辛，不少随从因饥渴、风沙、险途而丢了性命。

张骞到大宛后，向国王说明了自己出使月氏的使命和沿途种种遭遇，希望大宛能派人将自己送回汉朝。大宛本就想与汉朝通使往来，但苦于匈奴的阻挠，一直未能实现，张骞的到来，正给了大宛一个好机会。国王派了向导，将张骞等人送到康居，康居王又遣人将他们送至大月氏。不料，这时大月氏已经很少受到外敌的骚扰，加之土地肥沃，国泰民安，且汉朝与自己距离太远，互为援手并不现实，他们已经无心与匈奴为敌。张骞在月氏逗留了一年多，始终未能说服月氏人与汉朝联盟夹击匈奴。元朔元年（前 128），张骞动身回长安。

为了避开匈奴势力，张骞改变了行进路线，但又一次被匈奴俘获，被拘留了一年多。元朔三年（前 126），匈奴内乱，张骞乘机逃回长安。从建元二年（前 139）出发，至元朔三年（前 126）归汉，张骞此次出使西域共十三年。出发时一百多人，回来时仅剩下他和堂邑父二人。这次漫长的出使，虽然未能与月氏结盟，但是产生的实际效益以及对未来的影响是不可估量的。这不仅是一次极为艰险的外交旅行，同时也是一次卓有成效的科学考察。张骞的旅途见闻，在司马迁的《史记·大宛列传》中保存了下来，是中国和世界上对于西域的第一次翔实可靠的记载，也是研究西域古地理和历史的珍贵资料。为了表彰张骞出使西域的功绩，汉武帝特封他为太中大夫。

据说在返回长安的途中，张骞担心汉武帝见到自己的匈奴妻子和孩子之后，会以叛逆之罪将他问斩，便将妻儿安置在张家川。后来汉武帝得知实情之后并未问罪，还让他将妻儿接到长安，并下旨让张骞的儿子张绵为亭驿官，在今甘肃省庄浪县石桥村建立驿站。后因羌人不断骚扰，张绵便将驿站迁移到今张家川张棉乡所在地，后人称此为张棉驿。此驿一直是丝绸之路关陇道上的重要驿站，一直到清末撤销。

故事真真假假、虚虚实实，真实的历史留待后人继续考证。

羲皇故里
——天水

“羲皇故里”是人们对甘肃天水的美誉，相传是人文始祖伏羲和女娲出生的地方。伏羲，是中国最早的有文献记载的创世神，也是中国古籍中记载的最早的王。关于伏羲，天水当地有着许许多多的传说故事。

相传上古时候，风衮部落有个叫华胥氏的姑娘。她到一个叫雷泽的地方去游玩，偶然看到了一个巨大的脚印。姑娘好奇，便踩了一下，于是就有了身孕。但是有孕却迟迟不生，直到十二年后才生下了一个儿子。这个男孩有蛇的身体和人的脑袋，取名为伏羲。

伏羲有神圣之德，团结统一了华夏各个部落，定都在陈地，封禅泰山。他取蟒蛇的身、鳄鱼的头、雄鹿的角、猛虎的眼、红鲤的鳞、巨蜥的腿、苍鹰的爪、白鲨的尾、长须鲸的须，创立了中华民族的图腾龙，“龙的传人”由此而来。

伏羲仰观天地间阴阳变化之理，创造了八卦，模仿自然界中的蜘蛛结网而制成网，用于捕鱼打猎。他还创造了文字，替代在绳子上打结的记事方法。

伏羲制定了人类的嫁娶制度，实行男女对偶制，用鹿皮为聘礼，并以所养动物为姓，或以植物、居所、官职为姓，以防止乱婚和近亲结婚，使中华姓氏自此起源，绵延至今。

传说伏羲还发明了琴瑟等乐器，并且创作了乐曲，让人们在音乐的陶冶之下化解纷扰，愉悦心灵。

现在天水市区有伏羲庙，始建于明代成化年间，后经九次重修，形成规模宏大的古建筑群，是目前全国保存最完整的明代祭祀伏羲的庙宇，被誉为“华夏第一庙”。每年农历正月十六，民间在这里举行隆重的祭祀活动；公历七月，甘肃省人民政府举办规模盛大的公祭活动，公祭仪式已被列为中国首批非物质文化遗产。

天水卦台山

天水三阳川西北端的渭南镇，距天水市约 15 公里处，有一座卦台山。此山形似巨龙，气象不凡。相传，这里就是伏羲画八卦的地方。

远古时候，人们对大自然一无所知。天气为什么会发生变化，日月为什么会运转，人为什么会有生老病死等等，谁也不知道是怎么回事，每天提心吊胆地过日子。伏羲也觉得茫然，于是经常登山，仰望天空思索着斗转星移、四季变换的规律。

有一天，他又来到山上，边走边思考，忽然看见一个山洞里有东西一跃而出，定睛一看，是一个又像龙又像马的动物。伏羲想起来，最近经常听人说看到了这个动物，据说它在水面行走如履平地，十分神奇。

伏羲正想着，谁知那动物竟然向他走来，停在他面前不动了。伏羲仔细观察，发现那动物的背上有些奇特的花纹，越看越觉得有意思，于是便顺手拔下一根茅草，在一旁画了起来。刚刚画完，这动物便向他点了点头，转身飞快地跑了。伏羲想追，却发现那动物向着山崖下的河水中跃下，正落在一块大石头上。伏羲追而不得，无功而返。

回到家里，伏羲反复地画着这些奇怪的图，却百思不得其解。有一天，他来到河边，发现水中有一只大乌龟正在晒太阳。龟的背甲分为很多块，似乎很有规律的样子。想着想着，伏羲恍然大悟：原来天地变化的规律就是一阴一阳而已啊！于是，他用“—”代表阳，用“--”代表阴，用这两种符号，按照大自然的阴阳变化平行组合，组成了八种不同形式，就是八卦。

后来，那个跃出龙马的山洞被人们称为龙马洞，渭河中的那块大石头就叫作分心石。以八卦为特征的伏羲文化，吸引着国内外无数学者在探索、研究。

轩辕谷

甘肃清水山门镇白河村有一个轩辕谷，亦称三皇谷、三皇沟，相传是人文始祖轩辕黄帝诞生的地方。

据史料记载,“有蟜氏以戊己日生黄帝于天水”。晋朝郭璞的《水经》载:“帝生于天水轩辕谷。”《甘肃通志》载：“轩辕谷隘，清水县东七十里，黄帝诞此。”《直隶秦州新志》载：“帝生于轩辕之丘，名曰轩辕，今清水县有轩辕谷。”《甘肃省志考异》中载:“轩辕谷在上邽城东七十里,轩辕帝生处也。”清水古称上邽，属天水郡管辖，故史料中所说的天水轩辕谷，应为清水轩辕谷。

传说黄帝的父亲是有蟜氏部落的首领少典，母亲名叫附宝，是一位美丽动人的女子。附宝怀胎二十五个月后生下了一个孩子，落地不久就能说话，且聪颖能干，果敢坚毅，这便是后来的黄帝。黄帝十五岁时，便已经无所不通，成为部落首领。此后，有熊氏迅速发展壮大，最终统一了各个部落。

黄帝重视农业生产，提倡播种五谷且优良选种，特别是在战胜蚩尤之后，使农业得到了长足的发展。他推算历法,推行甲子纪年法。他制定度量衡的制度，制作乐器、衣冠，兴文字。他热心医药病理，对祭祀、婚丧、棺椁、坟墓、祭鼎、祭坛、祠庙等也都做了研究和相关的规定。他是华夏文明和中华传统文化的杰出缔造者，他的发明创造及其对推动人类社会发展进步所做出的巨大贡献，永远载入了史册。

黄帝有四个妃子，第一个名叫嫘祖，教会人们养蚕缫丝。第二个名叫方雷氏，据说她从鱼骨头上得到了灵感，发明了梳子。第三个名叫彤鱼氏，她发现猎物可以烧熟再吃，便用石板做成了餐具，用木棍做成筷子，后世将她尊为烹饪业的始祖。第四个名叫嫫母，虽然面貌丑陋，但是品德贤淑，性情温柔，深得他人敬重，据说镜子就是她发明的。

李广射虎

天水，是“飞将军”李广的故乡。关于这位“飞将军”，民间有着许多传说，“李广射虎”便是其中的一个。

相传李广从小练武，身体健壮，射箭的功夫更是出神入化。他的母亲常常站在阁楼上看他练习射箭，虽然心里对儿子的武艺十分称赞，但是嘴上却很少夸奖，所以李广从不骄傲自满。

一个月明星稀的夜晚，李广读兵书读得有些累了，就想出门溜达一圈。柳风拂岸，李广骑着马，不知不觉便来到了一座寺院前。他正要拨转马头回家，忽然树影晃动，竟然有一只老虎卧在树下！浑圆的臀似蹲非蹲，刚硬的尾将翘未翘，看上去十分凶猛。李广大惊失色，这街道上夜晚空无一人，白天却熙熙攘攘。老虎若是乱跑伤了人，可就糟了！

于是，李广立即取出随身带着的弓箭，搭箭拉弓，只听嗖的一声，箭飞向老虎而去。那虎应声而倒，发出一声闷响。李广忽然觉得有些奇怪，这老虎为何这般僵硬？

正思量着，寺院的门吱呀一声开了，走出两个僧人来。其中一个奇道：“咦？这石虎怎么倒了？莫不是刚才刮了大风？”另一个说：“这么重的石虎，我们几个人都搬不动，又怎么能是一阵风能刮倒的？”李广恍然大悟，立即走上前去，向二位僧人解释缘由，赔礼道歉。僧人不信。他们虽然听说过李广的大名，但是一支小小的铁箭，怎么能射倒石虎呢？

李广向僧人讨来灯火照亮，僧人细细一看，果然在石虎的脖颈上发现了一支铁箭。那箭几乎没羽而入，仅在尾端露出一个“李”字。僧人直呼神奇，第二天，此事便传遍了大街小巷，人人都知道了李广射倒石虎的事。

此后，这座寺院便改名为“射虎寺”，以纪念飞将军李广青年时代的传奇事迹。再后来，射虎寺渐渐消失在历史的烟尘里，唯有天水城中的“飞将巷”等地，空留着人们对远去历史的追忆。

诸葛点将台

天水市秦州区有一个高约丈余、底大顶平的圆锥形土墩，人们叫它“点将台”，又叫“诸葛军垒”，属于古秦州八景之一。关于这个土墩的由来，当地还流传着一个动人的故事。

三国时期，诸葛亮为了帮刘备实现光复汉室、统一全国的大业，曾统率蜀国大军六出祁山，与司马懿统率的曹魏大军在天水展开军事对垒，发生了多次大规模的战争。

据说当年蜀军出川时，因为担心远离故土，水土不服，便人人都背了一个布口袋，里面装上家乡的土壤，称之为“乡土袋”。行军打仗途中，如果觉得身体不舒服，或是思念家乡亲人，便从“乡土袋”里撮出一点点土，洒在饭食或者水中，水土不服的不适感就会消除，内心对故土的思念也会有所缓解。诸葛大军攻下天水后，发现天水的水土很好，士兵们不再有水土不服的感觉，那个“乡土袋”的作用也就不大了。又因为在天水要打几场苦战，“乡土袋”成了行军打仗的累赘，所以士兵们便将所有的家乡之土都集中起来，倒在天水城东的一处开阔地上，踩踏结实，形成了一个大土墩。诸葛亮看见这个土墩高大平整，正适合做士兵操练时的指挥台，便将它称作“点将台”。

如今，当年的“点将台”旧址已然不存，但是，诸葛亮“鞠躬尽瘁，死而后已”的精神依然感染着后世之人。

马跑泉与南山古柏的传说

距天水市约二三十公里的楚阳山北麓，有一个马跑泉镇，据说这个镇是因为马跑泉而得名的。

传说唐朝贞观年间，国家统一，人民安居乐业，天下太平。李氏王朝奉佛祈福，大量翻译佛经，全国各地也都开始兴建庙宇。

有一年，朝廷委派功臣秦琼、尉迟敬德二人前往天水巡视察访。当时正值初夏，天气已渐渐炎热起来。临近午时，太阳直射大地，人困马乏，二人只好坐下来休息，找水解渴，生火做饭，可是找遍了附近的沟沟洼洼，却始终找不到水源，只看到四处的土地都被晒得裂了口子。秦琼和尉迟敬德空有一身上阵杀敌的好本事，可是巧妇难为无米之炊，这没有水源，他们也只有干着急。

这时，有士兵禀报，说有几匹马不停地用蹄子使劲地刨脚下的土，不知道究竟是什么原因。两位将军一合计：老马既然能够识途，没准儿也能找到水源。于是，抱着试一试的想法，二位将军命人掘地三尺。果然一股清泉涌了出来，士兵们顿时欢呼起来。有了水，二位将军便令士兵们生火做饭，饮马解渴，等休整好了再继续前行。这眼泉便一直存在着，人们将它叫作“马跑泉”。

过了几天，秦琼和尉迟敬德进了天水城，四处巡察，来到了南郭寺。只见这里古树参天，幽静安然，真是一处佛门净土。正在参观，忽然听见外面传来了战马嘶鸣打架的声音。两人心说不好，一定是两匹坐骑打起来了。抢出门去，一看之下，果然如此。秦琼的黄骠马与尉迟敬德的豹花马绑在了同一棵小柏树上，二马争斗，竟然将柏树生生地扯开，变成了两半。时至今日，南郭寺的古柏已长成几人抱不住的擎天古柏了，仍然从中分开横卧南北。

据北京园林研究所的古树研究专家科学测定，南郭寺古柏的树龄约有二千五百多年，是名副其实的“树中之王”了。

麦积山与西魏皇后的故事

这是一个凄凉的爱情故事。男主人公虽贵为一国之君，却无力保护自己心爱的女人，让她在被逼无奈中自杀而亡，安葬于麦积山第 127 窟。他们便是西魏文帝元宝炬和皇后乙弗氏。

乙弗氏的先祖是吐谷浑政权的首领，世居青海，号称青海王。凉州归降后，乙弗氏的高祖父带领族人归顺北魏，被任命为定州刺史，封爵西平公。此后，他们家族连续三代男性都娶北魏公主为妻，而女子也大多成为王妃，在北魏朝廷很受尊重。乙弗氏的父亲乙弗瑗，官至仪同三司、兖州刺史，母亲是北魏孝文帝第四女淮阳长公主。

乙弗氏少而沉静，仪表秀美，十六岁时嫁入北魏皇室，十年后被立为皇后。她生性节俭，穿旧衣，吃蔬菜，美衣华服、珠宝首饰一概不用，而且为人宽厚，深得文帝元宝炬敬重。乙弗氏共生子女十二人，但大多夭折了，只有太子元钦和武都王元戊活了下来。即便如此，文帝对她的宠爱也丝毫不减。

帝后伉俪情深，至少应该会有一个美好的结局，然而这一切却被残酷的现实打破了。北方游牧民族柔然屡次侵犯西魏北方边境，而且西魏正与东魏发生摩擦，所以西魏丞相宇文泰为了稳定局势，避免战争，建议文帝采用联姻的办法稳住柔然，不仅将西魏宗室的女子封为公主嫁到柔然，还要让文帝将乙弗氏废掉，迎娶柔然公主为皇后。

脆弱的爱情挡不住战争的烟尘，大统四年（538），文帝废黜了乙弗氏的皇后之位，让她降居别宫，削发为尼，又迎娶了柔然的公主郁久闾氏，成为新的西魏皇后。

然而乙弗氏的忍让并没有得到朝臣的尊重和郁久闾氏的认可，更没有换来西魏的安宁，文帝对她旧情难忘，让郁久闾氏嫉妒不已。柔然军队依然进犯西魏，朝臣们建议文帝直接杀掉乙弗氏，这样才能安抚好郁久闾氏，安抚住柔然。文帝悲愤交加地说道："哪有为了一个女子而引发百万人征战的事情呢？但是人言可畏，别人已经说出了这样的话，我还有什么面目见众将士呢？"于是，他亲手书写诏书，让乙弗氏自尽。乙弗氏对来使说道："愿皇上活千万岁，天下得以平安，如果这一切都能实现，我死了也没有什么怨恨。"

她痛哭了许久，喊来僧人陈设供佛器具，亲手给几十位侍婢剃度出家。之后她便进入室内，拿被子自压而死，时年三十一岁。

朝廷开凿石龛安葬她，灵柩将送入石龛时，有两团云团先飘入龛内，过了一会儿，一团云不见了，另一团云飘出。后来，西魏文帝建好了自己的陵墓，亲手书写诏书，等自己去世之后，将乙弗氏迁来，与自己合葬。

飞天散花

麦积山的上七佛阁，位于东崖三大佛上方最高处，距地高约 70 米，也称散花楼，是麦积山规模最大、位置最高的石窟，也是最辉煌壮观的殿堂式大窟。据说站在这里，将五彩缤纷的纸片、花瓣向下抛撒，就会看到非常美丽的“天女散花”奇景。这些纸片、花瓣会先向下飘，然后又向上飞扬，并没有任何一片会直接落到地面上去。关于这一奇景，有一个美丽的传说。

据说，当年释迦牟尼曾在这里现身说法，下面的善男信女挨挨挤挤跪了一地。当时，有二十八位仙女也在场聆听，她们看见这么多人都来听佛说法，其中难保没有假信徒、伪善人，甚至可能会有人伺机做坏事。于是，她们便想了一个办法，试试这些人的诚心。

仙女们采来五彩的花瓣，从空中抛撒下来。如果遇到真心向善、向佛的人，花瓣将不会落在他身上，而那些装模作样的人，花瓣必然会沾他一身。于是，整座石窟一时之间到处都是仙女的身影，到处飘满了五彩的花瓣。那些花瓣如雪花一般纷纷而下，却一片也没有落在这些善男信女身上。看来所有的人都是诚心向佛的，他们的功德泽被无穷，所以直到现在，这上七佛阁撒下来的花仍然不会落地。

大像山的“大佛胡须”

甘肃甘谷县城郊约 3 公里，有一座大像山，悬崖间的峭壁上有一个大洞窟，洞内有一石胎泥塑大佛造像，其身高 23.3 米，腰阔 10.4 米，结跏趺坐于莲座之上，高大魁梧，其年代大约可远溯至北魏时期。佛像面部丰满，肉髻①高突，两耳下垂，下巴上有蝌蚪状的短胡须。

佛像怎么会有胡子呢？当地流传着这样一个故事。相传从前有一个外乡人来到甘谷做生意。时逢盛夏，大雨说下就下，渭河水暴涨。商人急于交易，不顾危险，租了一只小船过河，谁知风大水急，小船摇摇晃晃地走到河中央便翻了。商人奋力呼救，可是这样的天气，水性再好的人也不敢下水救人啊！商人渐渐地绝望了。正在这时，他遥遥地望见山上有一尊大佛，便念起了佛号，并许下心愿：“如果我这次能够大难不死，一定为大佛重塑金身。”想着想着，商人便失去了知觉。

不知道过了多久，商人醒了过来。头顶的阳光亮得刺眼，他浑身上下湿淋淋的。商人迷迷糊糊地坐了起来，发现自己被河水冲上了一处石头滩。虽然遍体鳞伤，但是命保住了。商人激动得热泪盈眶，赶忙向大佛的方向跪拜。

伤养好之后，商人便请了工匠，厚备香火，准备上大像山还愿，为大佛重

---

①肉髻：梵语嗢瑟尼沙的音译。释迦牟尼头顶有肉团隆起如髻，故称。

塑金身。可是到了大佛跟前，商人便倒抽一口冷气。这佛像竟然有七八丈之高，目前准备的东西远远不够。但商人想起自己九死一生的场景，想到临危之际的发愿，顿时觉得钱财本就是身外之物，心里也一下子清明了。于是，他请工匠细细描画，慢慢贴金，把活儿做得越精致越好。

就这样，一两个月时间很快就过去了，大佛通身贴金，壮丽辉煌，美中不足的就是口唇附近还差一点点金箔。然而商人口袋里的钱已经用尽了。工匠说：“这是天意如此。世界上哪里有那么完美的事情。”可是商人非常着急，对别人来说，这只是一点点缺憾，而对他来说，却是对佛祖食言了。

工匠哈哈大笑：“你这个人，心还挺诚。佛祖知道了你的诚心，绝对不会责怪于你。这点缺憾，你只管交给我弥补就行了。”说罢，便从地上抄起一根炭条，爬上脚手架，在大佛的口唇那里画上了胡须。

这样，金子不够的缺憾就被弥补了，而这尊大佛也有了自己的特色。

武山水帘洞与麻线娘娘的传说

甘肃武山县城东北 25 公里处的鲁班峡谷之中，有一处名胜古迹——水帘洞石窟。它始建于十六国后秦时期，山体犹如一朵即将盛开的莲花，石窟就藏于莲瓣之间，形似花蕊。因雨季到来时，洞窟前水线垂空，形成晶莹的水帘，故名“水帘洞”。

在水帘洞石窟群林立的寺院中，正殿菩萨楼最为高大华丽，内塑的大势至菩萨，面相丰润，气度娴雅。民间传说，“麻线娘娘”就是大势至菩萨的化身，这里保存的就是“麻线娘娘”的真身造像。

传说隋文帝时，莲花山北山有个叫作李家沟的地方。沟里有一户人家，生了兄妹两人，哥哥年长，早已成婚，妹妹名叫李真秀，生得俊俏可爱。由于父母亲去世得早，李真秀便和哥哥嫂子一起生活。

李真秀十分懂事，每日帮助哥哥嫂子干农活，而且一有空闲就坐下来纺麻线补贴家用，家里的纺车每天都吱吱呀呀响个不停。但是嫂子依然很嫌弃这个“拖油瓶”妹妹，嫌弃她吃家里的饭，却不能给家里带来什么好处。

十来岁的时候，李真秀被哥哥嫂子许配给了一户人家。那家人有钱有势，嫂子想着把李真秀嫁过去，自己就能捞得不少好处。可是李真秀不愿意，她一心要嫁一个自己喜欢的人。可是哥哥嫂子却对她破口大骂，还将她锁了起来，不许她出门。李真秀满腹的委屈无处诉说，便整日整夜和纺车倾诉。纺车吱吱呀呀地转动，李真秀的泪水和着手指上磨出来的鲜血，一点一滴地纺进了麻线里。

转眼间，李真秀十六岁了。哥哥嫂子找了个黄道吉日，花轿一抬，要将她送到婆家去。谁知李真秀趁乱翻窗户逃跑了。她拖着麻线跑呀跑，连着麻线的纺车吱呀吱呀地叫着，哥哥嫂子以为她还在屋子里，就不停地砸门，可是除了纺车的声音，一点动静都听不到。嫂子满腹狐疑，转到后窗户一看，顿时脸色大变：李真秀竟然已经跑了！她抄起洗锅的刷子，她男人抄起一根烧火棍，两个人沿着麻线一路追去。

李真秀跳出窗户后，往莲花山的方向一直跑，一边跑一边胆战心惊地想，不知道自己纺的麻线够不够，能不能让纺车一直响，让哥哥嫂子以为自己就在屋子里。她跑啊跑，麻线终于绷直了。李真秀心说不好，纺车一停，哥哥嫂子就会知道她不在了。于是，她把肚子剖开，把麻线和肠子接在一起，继续往前跑，可是肠子也很快就用完了。

这时，哥哥嫂子已经远远地追了上来。他们看见李真秀扯着肠子跑，十分惊讶，加快了脚步向李真秀跑来。这时，李真秀也看见了哥哥嫂子。她绝望之下，就爬上了水帘洞的一块大石头，坐在上面去世了。她面目安详，带着微笑，一点也不像没了肠子的人。她的四周，忽然出现了五彩的鸟儿上下翻飞，五色霞光闪现出动人的色彩。

哥哥嫂子看呆了。哥哥说：“你若是神，我将烧火棍插在地上，你叫它生根发芽。”嫂子说：“你要是神，我将刷子插在墙上，你叫它长出叶子。”话音刚落，神奇的事情便发生了，烧火棍和刷子都生根发芽，长出了绿叶，变成了两棵树。特别是那棵刷子树，形如蟠龙，枝繁叶茂。

从此后，人们就把李真秀尊为麻线娘娘，千百年来一直香火不断。

武山旋鼓

武山旋鼓，又称“点高山”，是一种舞乐结合的群众性民间广场舞蹈艺术形式，主要流传于武山县及相邻县区，在武山县滩歌镇尤为盛行。

鼓面由铁圈蒙上羊皮制成，绘有花纹图案或八卦图案。下面有手柄，手柄下方坠有铁环。此鼓形如团扇，故而也称“扇鼓”。鼓槌由羊皮条或藤条编成，表演者用鼓槌敲击鼓面或者鼓边，同时震动铁环，发出响声。

旋鼓的表演多由青壮年男子进行，数十人或数百人均可，最多时可达上千人。舞蹈动作粗犷豪迈，舞步复杂变换，旋转自如。数人同时表演，鼓声震耳欲聋，气势磅礴。

关于旋鼓的来历，有好几个传说。

一说很久以前，当地虎豹豺狼很多，人们深受其害，都不敢单独活动。后来有一位牧童，在高山上放牧之时点燃了篝火，围着火堆边跳边舞，狼群远远地围观，不敢近前。牧童又拿一面羊皮鼓猛敲，狼群吓得四散奔逃。人们知道了这件事，纷纷效仿牧童的做法，随身携带羊皮鼓和火种，外出的时候吓唬猛兽，以此防身，久而久之，便成了一种传统，每逢端阳节，便由一人反穿皮袄扮成羊倌模样，领着众人烧香许愿祭奠山神，祈求神灵保佑羊群。

一说武山旋鼓的鼓面上绘有八卦图案，表演时的脚步也是有特殊的规律，因此认为其起源于伏羲氏族部落的图腾舞。

另有种说法是，武山在古时候属于戎羌部落，所以旋鼓应与部落里传递军事信号、祭祀等等有关。

无论武山旋鼓的起源如何，它都充分体现出陇原儿女们的精神品质，并成为当地群众喜闻乐见的民俗活动。

2008 年，武山旋鼓被列入国家级非物质文化遗产名录。

李氏家族圣地
——李家龙宫

甘肃陇西南安乡一心村庙儿巷，有一座始建于唐代的李家龙宫，为宫廷式古建筑群，相传是天下李氏的发源地。

据说唐朝贞观年间，国泰民安，陇西作为西北的名城重镇，受到朝廷的关注和重视。唐朝天子出自李氏，也格外重视李氏一族的发展。由于陇西为天下李氏的发源和繁衍之地，唐太宗李世民便准许当地官员大兴土木，修建李氏祠堂，意在光宗耀祖，敦宗睦族。数以千计的能工巧匠集思广益，苦心营造，一座富丽堂皇的李家宗祠，历时三年时间便已建成。李世民御笔亲书“李家龙宫”四个大字，高悬在南大门上，显示出睥睨天下的王霸之气。

后来，李家龙宫数度遭毁，陇西李氏也大量南迁，甚至迁往海外，但留下来的李氏族人依然不遗余力地保护着遗迹，并不断地重建、重修，到目前已经成为东西长 600 米，南北宽 440 米，建筑面积 2.5 万平方米的建筑群，是海内外李姓族人祭祀祖先的重要处所，也是研究陇西李氏文化遗址遗迹的重要载体和标志性建筑之一。

陇西汪家洞的传说

相传元朝时，陇西城里住着一户姓汪的人家，人称汪员外。汪员外有一个女儿和三件宝贝，分别是一头白牛、一只白狗、一对白鸽。

白牛的尾巴尖上拖着一个大大的毛团，跑得飞快，一天就能往返一趟京城。白狗每天趴在城墙上，朝北叫个不停，呼出的白雾将陇西城整个儿包围。白鸽子每天站在南北两边的城墙上，一动不动，远远望去就像两座高大的石山，有一夫当关万夫莫开之势。

原来，这个汪员外本是朝廷官员，他生性耿直，看不惯官员欺压百姓的行为，受不了满朝吏治腐败、彼此倾轧的现状，便早早地称病辞官，来到陇西，想在陇西建立一个新的王朝，那白牛、白狗和白鸽，施展各自的神力帮助汪员外。

一开始，事情进行得很顺利。白狗和白鸽形成了陇西城的屏障，让士兵可以整日操练而不被朝廷发现。汪员外自己则每天骑着白牛，偷偷往返京城，查看动向，探听消息。

女儿见汪员外每天早出晚归，十分辛苦，又看到白牛的尾毛过多，怕影响它的行动，便拿了一把剪刀，趁夜色浓重，大家都在沉睡之时，偷偷地剪掉了那个毛团，好让牛跑得更快，让父亲回来得更早。谁知第二天，白牛竟然一步都走不动了。汪员外疼爱女儿，不忍责备。白牛已经不能远行，每日去京城已经不可能了，所以他只能继续操练兵马，希望可以伺机而动。

谁知女儿见爸爸日夜练兵操劳，而两只白鸽既不能飞又不下蛋，没什么用，就杀掉炖汤给父亲补身体。汪员外依然不忍责怪，却把自己憋出病来。女儿听说狗肉能治病，情急之下，又把白狗杀了给父亲吃。

白牛不动了，白鸽和白狗都死了，陇西城的屏障也没有了，于是很快就有人发现了汪员外的“谋反之心”。元朝皇帝盛怒之下，立即调遣大军赶来剿除。

汪员外知道大势已去，便紧赶慢赶着在城里修筑了汪家洞，把所有的兵器和贵重之物藏进洞内。洞内有重重机关封锁，每道门口都立有一块石碑，上刻“要开汪家洞，直等原人来”。

之后，汪员外被满门抄斩，但兵器和贵重之物仍在洞内。现在，陇西县城西街还有一个叫“汪家洞”的地方，据说就是洞口所在地，洞内的宝藏还等后人发掘。

通渭“隐形天书”的传说

甘肃通渭华家岭乡世歌尧村的峡谷里，有一块硕大、平整、光滑的石头，一块光滑齐整的大石凹入崖壁，看上去毫不起眼，但是谁又能想得到，这块平整的石头上面，竟然有一幅神秘的“隐形天书”。这“天书”，平常的时候是看不到的，只有用水把石头打湿，石面上才会出现两块文字。那些文字排列整齐，一个个如鸡蛋一般大小，仿佛是用毛笔写上去的，但是每一个字又都无法辨认清楚。当石头上的水干了之后，所有的字迹又都消失不见。关于这幅“隐形天书”，当地流传着许多说法，其中有一个是这样的：

传说，尧帝在位时，不仅生活非常俭朴，住茅草屋，喝野菜汤，穿粗布制的衣服，还时刻关心民生疾苦，听取百姓们的意见和建议。他想方设法治理水患，按各种政务任命官员，使他们各司其职。他还四处访贤任能，从民间发掘人才，所以深受百姓爱戴。有一年，尧在走访的时候来到了华家岭，发现这里有山有水，地貌独特，且风调雨顺，民风淳朴，觉得非常喜欢，便亲自教授这里的人民种植农作物和药材，让他们丰衣足食，生活幸福美满。他还亲手在石崖上写下了一些祝福的文字，护佑此处的生灵。人们为了感念尧的恩德，就把这个地方叫作世歌尧。

世歌尧的人民始终忘不了尧，依然祖祖辈辈地歌颂和纪念他。

通渭温泉

通渭县城西南 8 公里处的汤池河谷中，有一处闻名遐迩的温泉，水温高、水量大，据说浴可医治百病，饮可提神美容，被誉为“陇上神泉”。

通渭温泉历史悠久，北魏郦道元的《水经注》中已有相关记载。明代成化年间，通渭籍诗人王瓒也写过赞美温泉的诗歌：“万壑琼瑶早雪天，灵泉汩汩泛青烟，路人莫讶色如涨，谁煮金鹅不记年。”清朝道光年间，通渭知县屠旭初将温泉分为两个部分，男女分开沐浴，并写成《温泉志》。

除了这些文献记载，当地还流传着一个关于温泉的传说。

据说当年药王孙思邈四处游历，学习和记录民间的医疗经验，曾经来到通渭。当时通渭疫病流行，孙思邈尽力救治，可是草药却不够了。孙思邈非常着急，这时有人建议，通渭有一眼热泉，如果将草药倒进去，不就有更多的药水了吗？孙思邈再无他法，便将所剩的草药全部倒进泉眼里。不一会儿工夫，只见热气蒸腾，滚烫的药水汩汩而出，不止不歇。患病的人们扶老携幼，纷纷取这药水沐浴，疫病就好了起来。所以有人也称此温泉为“药泉”。

祖厉河的传说

祖厉河源出于甘肃会宁县南部山区华家岭，向北流经会宁县、靖远县，在一个名叫大水头的地方与黄河相融。它有两条支流，东面流淌的名叫祖河，南面流淌的名叫厉河。关于这两条河流，还有一个有趣的故事。

据说很早以前，祖河不叫祖河，而叫黑龙河。厉河也不叫厉河，而叫南河。两河流域住着许多人家。后来，这里发生了一场残酷的战争，方圆几百里只剩下了两户人家，一户姓祖，住在黑龙河边的东山顶上，家里有一个儿子。另一户姓厉，住在南河边的三条岘，家里有一个女儿。这两家相距遥远，道路不通。眼看着孩子们长大成人，到了适婚的年龄，父母们都开始发愁。

有一天，祖家父子上山打猎。他们一路上追逐野兽，翻山越岭，不知不觉已是红日西沉。正想收拾猎物回家，不料狂风骤起，风沙漫天，一时辨不清来路，父子二人便凭着直觉向前走，谁知竟越走越远。走了好几个时辰，两个人都累得走不动了，只好坐下休息，突然看到山坳里好像有一丝灯光。父子俩提振精神，直奔灯光而去，果然发现有一户人家。他们敲开了门，向主人说明在山中迷路一事，并送上自己的猎物，主人热情好客，好酒好菜地招待了祖家父子。酒酣耳热地聊起来，祖家父子才知道这家人姓厉，家里还有一个漂亮的女儿。祖家一时高兴，便向厉家提出了联姻的请求。厉家的女儿从门缝里偷偷地看了看祖家的儿子，一下子就喜欢上了这个淳朴健壮的男子。于是厉家夫妇便同意了这门婚事，两家人相约，在来年春暖花开的时候两个孩子完婚。

第二年春天，祖家的儿子和厉家的女儿在黑龙河和南河交汇的地方喜结良缘。从此，两条河便改了名字，一条叫祖河，一条叫厉河，而它们交汇北流的部分就叫作祖厉河。

传奇名将郭虾蟆的故事

金朝的时候，会宁出了一位名将，叫作郭虾蟆，此人箭法精准。据说他善于射人腋下等护甲保护不到的地方，百发百中。金宣宗时，他与兄长禄大应募从军。兴定初年，禄大因军功卓著，被封为同知平凉府兼会州刺史，赐姓颜盏，镇守会州。郭虾蟆跟随兄长在军中听用。

兴定五年（1221），西夏步骑万余人攻入定西，郭虾蟆领兵迎战，斩首七百人，获马五十匹，被封为同知临洮府事。

元光二年（1223），西夏数十万步骑攻打凤翔，情况紧急。元帅赤盏合喜任命郭虾蟆总领军事。在巡城时，郭虾蟆看到护城河外有一名西夏将领坐在那里，还故意做出挑衅的样子。赤盏合喜十分生气，便问郭虾蟆能否射杀他。当时距离很远，部将们都认为不可能，但是郭虾蟆测量了一下距离，说："可以。"

只见郭虾蟆冷静地开弓、搭箭，当那名西夏将领一抬胳膊，露出薄弱点，郭虾蟆便一箭将他射杀。守城将士士气大振，西夏军惊骇万分。

击退西夏军后，郭虾蟆名声大噪，朝廷派使者对他加以赏赐，并在各郡宣扬他的事迹。此后若干年，郭虾蟆屡立战功，被授予爵位，他的箭法令敌人闻风丧胆。

正大六年（1229）九月，郭虾蟆向金哀宗进献西夏马两匹，金哀宗下诏说："你武艺超绝，这两匹马可以随你驰骋疆场，我骑它们就浪费了，赐给你吧。"

金朝灭亡后，西部州府无不归降蒙古，只有郭虾蟆坚守孤城近三年之久，并决定以身殉国。所以，在城破之前，他将部下和妻儿关起来，自焚而死，年仅四十五岁。

后人念其忠烈，将他最后战死的城郭取名“郭虾蟆城”，遗址在会宁郭城驿镇新堡子村。

定西凤凰城的传说

定西位于甘肃省中部，是古代“丝绸之路”上的重镇，又是新欧亚大陆桥的必经之地，战国时就已设“陇西郡”。随着朝代更迭，名称屡有变化，直到北宋神宗赐名“定相城”，才有“定西”得名之始。

定西凤凰城即定西古城，坐落在陇中祖厉河上游，关川河支流的东、西两河交汇之滨，现为定西市安定区巉口镇卅里铺周家庄。子城始筑于北宋哲宗绍圣三年（1096），迄今已近九百年的历史。

相传，这座城修筑起来以后，有一天忽然飞来一只凤凰。这只凤凰非常美丽，羽毛五彩缤纷，但可惜的是它受了伤。落地之后，凤凰哀鸣不止，方圆十几里的人们都能听见它的哭声。哭啊哭啊，凤凰的眼泪如断了线的珠子般滴在地上，汇集成小溪，汇聚成小河。这泪水好像也有无边的痛苦，它流入甜水井，甘甜的井水也变得苦涩了；它流入河流，河水也变得咸苦了；它流进麦田，庄稼都蔫了……凤凰哭啊哭啊，让人们的心里也都泛起了苦水，心软的大姑娘小媳妇们也开始拿起手帕抹眼泪了。

这样的情形让人们惊恐不安。都说凤凰是吉祥的象征，可是这只凤凰为什么处处都显露着不祥呢？

没过几天，凤凰死了。人们怕它引来别的不祥，赶紧将它厚葬在城外的照城山上。谁知眨眼之间，这座山突然变了样，形状好像一只凤凰在飞翔。于是，人们便把这座山改称为“凤凰山”，将凤凰落下的城叫作“凤凰城”。

首阳山与伯夷、叔齐的故事

首阳山位于渭源县东南 34 公里的莲峰镇张家滩村和古迹坪村交汇处，因其列群山之首，阳光最先照到而得名。首阳山的出名，与商末周初孤竹国君的两个儿子——伯夷、叔齐长眠于此地有关。

商代末年，孤竹国君有三个儿子，长子叫伯夷，二子叫公望，三子叫叔齐。国君想把王位传给叔齐，但是叔齐认为不能废长立幼，所以不同意继位。而伯夷也不愿意违逆父亲的心意。兄弟二人僵持了一阵子，伯夷便悄悄地离开了孤竹国。叔齐知道后，也离开了。

后来。伯夷和叔齐在途中相遇，他们听说西伯昌养贤纳士，是个高尚的人，便一路西行，去投奔西伯昌。谁知他们到达的时候，西伯昌已经去世，他的儿子姬发决定起兵伐纣。伯夷和叔齐指责道："你父亲死了，还没有好好安葬，就急着起兵打仗，这是孝子所为吗？你们本是商朝的臣子，以臣弑君，难道就是仁义吗？"姬发非常生气，他手下的将领们建议杀掉伯夷和叔齐。姜太公及时劝阻了他们，并说服他们放走了伯夷和叔齐。商朝灭亡之后，周朝建立。伯夷和叔齐认为自己一番苦心劝阻武王，还差点送了性命，真是非常委屈，就感叹道："天下暗，周德衰。我们还是避开吧，这样才能洁身自好。"于是便离开周朝的统治区，沿渭河西上，到首阳山隐居起来，并拒绝吃周朝土地上长出的粮食，每日以野菜为食，最终饿死，而《采薇歌》却一直流传至今。

渭河之名的由来

渭河，古称渭水，是黄河的最大支流，发源于甘肃定西渭源县鸟鼠山，主要流经甘肃天水、陕西省关中平原的宝鸡、咸阳、西安、渭南，至潼关县汇入黄河。

千百年来，渭河流域流传着许多美丽的神话传说。有人说，两千四百多年前，这条河不叫渭河，而叫禹河。因为那个时候，天下洪水泛滥，严重威胁着河两岸人民的生命安全。大禹来到了这里，疏导拥堵，挖渠泄洪，有力地保证了人民的生产生活。为了纪念大禹的功绩，这条河便以大禹的名字命名。据说直到现在，陕甘部分地方的人，还把这条河叫作禹河。

可是禹河为什么又改称渭河了呢？民间流传着很多说法。一说此地在三国时候属于魏国统辖，此河便以魏国的国号为名并取其谐音，改名渭河。还有说唐朝时候，宰相魏征是这条河里的龙王，所以此河改名为渭河，希望这位直言敢谏的宰相能够继续护佑一方百姓。现在渭河源头的渭河庙中，依然供奉有魏征的塑像，人们在此烧香祭拜，祈祷风调雨顺，国泰民安。

榆中青城古镇的故事

甘肃榆中县最北端的黄河南岸，有一座青城古镇，是省级历史文化名镇和全国民间艺术之乡，也是甘肃省古民居保存较为完整的古镇。历史上的青城，水陆交通发达，水烟质量较好，因此，青城成为当时水烟等货物的集散地，吸引了北京、天津、太原等外地客商云集至此。

青城地处黄土高原，又为何会以“青”为名呢？当地流传着这样一个故事。

北宋年间，西夏李元昊率兵攻宋，身为三班差使、殿侍兼延州指挥使的狄青，经常自告奋勇地充当宋军的作战先锋，辗转西北边陲。他出身贫寒，面有刺字，但非常善于骑射，在作战时有勇有谋，胆大心细，还经常戴着铜面具，披头散发地冲向敌军阵营，立下了一个又一个战功。在对西夏作战途中，狄青曾路经此地，发现地势险要，又有黄河为天然屏障，适宜修建屯兵的城池，便在此主持修建了青城。

然而经有关专家考证研究，狄青那个时代，青城所在之地属于西夏的统辖范围，狄青去世多年以后，此地才被宋朝所得，所以“狄青筑城”一事应为谬传。但在部分史料中又对此事有所记载。未明的真相，给古老的青城更添一层神秘的面纱。

又有传说，明末农民起义的领袖李自成兵败之后，曾化装成和尚一路往西，投奔家住此处的亲属，并在这里隐姓埋名，度过余生。此说法见于当地一户李姓人家的家谱，是否属实，依然是一个谜。

五泉山上五眼泉的来历

兰州城里有一座五泉山，因山上有惠、蒙、甘露、掬月、摸子五眼泉水而得名。这五眼泉，据说是汉代骠骑将军霍去病用马鞭子抽出来的。

相传在两千多年以前，汉武帝派遣骠骑将军霍去病率领大军前往河西走廊一带征讨匈奴。大军行至兰州，扎营在兰山脚下。全军人困马乏，急需要水源和粮草补给，可是此地干旱无雨，哪来的水源？眼看全军将士一个个躺倒在地，霍去病心疼得牙根紧咬。

霍去病骑着马山上山下地查探，始终不相信这是一座没有水的荒山。他愤怒之下，用马鞭子狠狠地抽打脚下的土地，每抽一鞭，就发出一声脆响，土地瞬间裂开，一股水流慢慢涌出。霍去病连着抽了五鞭子，山上便出现了五眼山泉。这些泉水流淌到山下，不仅满足了全军将士的用度，后来成为历代百姓使用的重要水源。

这五眼泉，一眼久雨不淫，大旱不干，饮之如甘露，称为甘露泉。一眼宽约尺许，深约五尺，形如井状，月影投入泉心，如掬月盘中，称为掬月泉。一眼在山洞内，为摸子泉。一眼在东山口下，水如垂练而下，为蒙泉。一眼在西龙口下，泉圆形，水净沙明，清澈见底，能饮用，能灌溉，有惠于民，故名惠泉。

现在，五泉山入口处的广场上建有霍去病的雕塑，山上也修筑了亭台楼阁，广植花草树木，成为风景秀丽的游览胜地。

兰州太平鼓的故事

兰州太平鼓是流传于甘肃兰州、皋兰、永登、酒泉、张掖、靖远等地的一种汉族舞蹈，距今约有六百年的历史。每逢大的庆典活动，太平鼓表演都是表演的高潮部分。鼓手辗转腾挪，带着大鼓上下翻飞，鼓点铿锵有力、气势雄浑，显示了陇原儿女的豪迈情怀以及对红红火火生活的期盼。

关于兰州太平鼓的历史起源，有着许多不同的说法，但流传最广的是明朝名将徐达用太平鼓攻破了兰州城一说。

秦汉以后，兰州逐渐成为军事重镇，历朝历代的统治者都非常重视。明太祖洪武二年（1369），兰州被明军攻克，张温成为兰州城新的守将。然而，元并不甘心放弃兰州，多次派兵攻打，特别是元将扩廓帖木儿（王保保），一再包围兰州，包围圈达数重之多。兰州城告急。明太祖听到消息后，命徐达为大将军，率兵西征。

明军来势汹汹，元军作战勇猛，双方对峙，每日都有数场战争，互有胜负，但兰州城之围始终没有解开。

战事胶着，大将军徐达便想从侧面突破，奇袭王保保。他看见兰州当地百姓挑水的桶造型独特，便突发奇想，将这种长长的水桶改造成长鼓，将兵器放入鼓内，又让一支精兵乔装成社火队，趁着正月十五元宵节时混入城内，与守城的明军士兵里应外合，一举攻占了城门，占据了元军最有利的屏障——王保保城。最终，王保保溃败，徐达生擒了元军的文武官员、士兵近九万人，其余战利品不计其数。

兰州百姓欢欣鼓舞，用力地敲起了徐达发明的大鼓，伴随着鼓点跳起热情的舞蹈，欢庆兰州城获得了太平。这种鼓也被人们称为“太平鼓”，并留下了“太平年求太平事，太平人打太平鼓”的俗语。

2006 年 5 月 20 日，兰州太平鼓经国务院批准列入第一批国家级非物质文化遗产名录。

积石关的传说

“地险天成第一关，巍然积石出群山。”这是明御史李玑游历积石关后写下的《题积石》诗。

积石关，位于甘肃积石山大河家镇关门村，积石峡的东口，地势险要。它南倚巍峨的积石山峭壁，北临滔滔的黄河峡谷，背山面水，一夫当关，万夫莫开，历来是丝绸之路的古道要隘。关于积石关，还有一个古老的传说。

传说大禹接受了尧帝治水的命令，决定先从灾害最严重的黄河开始治理。他逆流而上，来到积石山，看到黄河被积石山所阻，洪水蓄集成一片汪洋，每遇下雨，积水滚滚而下，造成灾害。大禹认为，只有凿开一个缺口，让水流泻出去，才能消除水灾隐患。于是，他带领百姓夜以继日地开凿积石山。经过千辛万苦的努力，积石山终于被凿开了，黄河水从积石山的缺口奔泻而出。水患消除了，人们过上了安定的生活。

为了纪念大禹治水的功绩，明朝官府在这里修建了禹王庙，并派官员按时致祭，可惜禹王庙在清光绪年间毁于兵燹。绝壁上那些层层叠叠的崖壁纹路，据说就是大禹导河时留下的斧痕，还有禹王石、大禹斩蛟崖、骆驼石、天下第一石崖等遗迹，据说也是大禹当年留下的。

松鸣岩花儿会

甘肃临夏和政县有一处海拔2730米的松鸣岩景区，建于明成化年间，每逢农历四月底，当地群众和外地游人便前来游览山水，举行一年一度的松鸣岩“花儿”盛会。

传说千百年前，有一位青年在松鸣岩的小峡谷打猎时，遇见一位美丽的姑娘。姑娘活泼爱笑，声音甜润，她用手捧起清澈的溪水喝，喝完了水就唱起动听的歌儿。她的歌声悠扬，歌词也很特别，青年听得挪不动脚步，情不自禁地跟着学唱。姑娘听见了，害羞地向松鸣岩跑去。青年紧追不舍，可是刚到松鸣岩下，姑娘一闪就不见了。

青年正纳闷时，忽然听见姑娘的歌声从山顶传来，他又飞奔上山，可到了山顶，歌声又在山下回旋。就这样，直到天黑，青年也没有找到姑娘，只好下了山。他把这件事告诉了乡亲们，并把学到的歌儿唱给大家听，大家一致认为这位姑娘是仙女。

于是，人们把农历四月二十八定为“龙华盛会”，男女老幼都要聚集在这里唱歌，从此便有了松鸣岩“花儿会”。

潘唐哇与金环女的故事

甘肃永靖县城南 4 公里的罗川村，西距炳灵寺石窟数十公里处，有一个开凿于明代的藏传佛教寺院——罗家洞石窟寺，又名云光寺。它开凿于黄河岸边的红色高崖绝壁之间，是古代行走在丝绸之路上的人们祈求佛陀保佑平安的一座重要寺庙。

相传公元 8 世纪，尼泊尔有一个名叫潘唐哇的僧人。他潜修密宗，造诣颇深。为求正果，他遵从师父的嘱托远涉东土，来到了刘家峡的炳灵寺。夜宿寺中，他梦见师父说："你再向东行，可以看到一处红山白头、黄河倒流、形似太极图的地方。那里就是你的修炼之处。"次日，潘唐哇一路向东走去，果然找到了这个地方，与师父所说丝毫不差。于是，潘唐哇留了下来，在半山腰的岩洞里闭关修炼。

当地有一位叫罗荣的老人，看见潘唐哇修炼得虔诚，就让自己的女儿金环女每天给他送饭。

年复一年，金环女到了待嫁的年龄。一天，她伤心地对潘唐哇说："我明天就嫁人了，不能给你送饭了。父母之命不可违。我本心终身不嫁。"大师对她说："你不要难过，回去好好想一想。要是实在不愿意出嫁，明天迎亲的皮筏渡河时，你只要手握一把土，默念我的名字，你就能够如愿了。"

次日，迎亲的皮筏子载着金环女离开了娘家。金环女手握一把土，默念着潘唐哇大师的名字。平静的河面上忽然狂风四起，骇浪滔天，皮筏子被浪打得东倒西歪，金环女一眨眼就不见了。不一会儿，河面风平浪静，人们沿着黄河一路呼唤，一路寻找，可是始终没有找到金环女。第二天，人们发现潘唐哇也不知去向了。

第二年，红石山崖塌了一半，露出一个山洞。洞里有一男一女相依坐在一起，虽然黄沙齐腰，但肤色跟活人一样红润。男的正是潘唐哇，女的正是金环女。此事轰动了乡里，于是善男信女们募资修建了罗家洞寺，此寺香火兴旺，佛事隆重。潘唐哇便是后来的典却活佛，金环女便是后来的金环女佛。

貂蝉的传说

貂蝉，是中国古代民间传说中的四大美女之一，她的故事最早出现于《三国演义》的前身《三国志平话》中。她生活的年代约在东汉末年，姓任，出生年月不可考，而籍贯却有着明确的说明——临洮。而甘肃临洮，也流传着貂蝉年少时的故事。

在临洮县西南约15公里的衙下集镇潘家集村，有一个名叫貂崖沟的地方。那里东临洮河，西界胭脂川，森林茂密，山泉涓涓，鸟语花香，据说是貂蝉的出生地，至今流传着有关貂蝉的传说。

传说东汉末年，貂崖沟里树木繁茂，有人经常来此砍柴。有一天，天气晴朗，阳光透过树叶照射下来，在地上显出斑斑驳驳的光影。微风拂过，凉快极了。砍柴的人直起了腰身，仰头擦了擦汗，忽然发现有一道亮光极快地闪过去。砍柴人正觉得奇怪，又有一道亮光很快地闪过去了。砍柴人眼睛好，一眼就看见光亮好像是从半山腰的方向来的。强烈的好奇心，让他放下了手中的活计，拿着砍柴刀向半山腰爬去。山上树木丛生，还长有一些藤条，砍柴人身手矫健，没费多少工夫就爬了上去。原来，在这绿树掩映的地方，有一个山洞，洞中泉水叮咚作响，还隐隐有些香气。砍柴人大着胆子往里走，没走几步就看见一个非常美丽的少女正对着镜子梳妆打扮。眉毛不画而黑，嘴唇不点而红，头发又黑又亮。少女拿着镜子左照右看，那亮光就是镜子的反光呀！

正在这时，揽镜自照的少女发现了砍柴人，吓得手中的镜子掉在地上摔碎了。砍柴人也吃惊不小。少女见无法躲避，索性向砍柴人坦白，说自己小名叫貂蝉，在这山洞中生活，请他千万不要把这件事说出去。砍柴人满口答应。可是回家之后，他就迫不及待地将自己在山洞中“遇仙”一事告诉了妻子。

这件事就好像被风吹开了一样，一夜之间传遍了所有人的耳朵。有人第二天便上山寻找，却只找到那个山洞。洞里石头桌椅一应俱全，那面打碎的镜子还在地上，而貂蝉早已不知去向了。后来有人说，曾看见一个美丽的女子连夜赶路，来到与貂崖沟一梁之隔的胭脂川，上了一匹骏马走了。现在此处还有一棵胭脂树，树下有青石一块，那就是貂蝉离开时的上马石。

洮砚的传说

洮砚是我国石质名砚之一，产于甘肃，与广东端砚、安徽歙砚齐名，自唐宋起就闻名于世。它以坚润的石质、美丽的色泽和独特的工艺蜚声海内外。

唐代柳宗元《论砚》记载 :“蓄砚以青州为第一，绛州次之，后始端、歙、临洮。”北宋著名鉴赏家赵希鹄《洞天青禄集》说 :“除端、歙二石外，惟洮河绿石，北方最贵重，绿如蓝，润如玉，发墨不减端溪下砚，然石在大河深水之底，非人力所致，得之为无价之宝。”北宋诗人、书法家黄庭坚曾说 :“洮州绿石含风漪，能淬笔锋利如锥。”当代诗人、书法家赵朴初也作诗赞道 :“风漪分得洮州绿，坚似青铜润如玉。”

关于洮砚，还有一个古老的传说。

相传混沌初开，天地分离，天陷西北，地倾东南。女娲炼石补天时，有一块绿玉奇石深受玉皇大帝垂爱，被留了下来，用作遣神调将的兵符。

后来人间洪水泛滥，尧帝命鲧治水，鲧经过九年的辛劳，大水仍然没有消退。大禹总结了父亲鲧失败的教训，带领百姓疏通河道，引洪入海。但因工程浩大，大禹苦于人手不足，力不从心。他的执着感动了玉皇大帝的三公主。三公主不忍心看到百姓遭此大难，就趁玉皇大帝不备，将绿玉石兵符偷出来交给了大禹。大禹召集十万神兵神将，终于成功地疏通了河道，征服了水患。

玉皇大帝发现三公主偷走了兵符，勃然大怒，遂兴师问罪。三公主惊讶于父亲的态度，伤心、愤怒之下，将绿玉石摔下天庭，自己也纵身跳入惊涛骇浪的洮河之中。

年深日久，绿玉石摔碎的地方得到天地万物的滋润，逐渐生出一种奇异的石头。它莹润如玉，扣之无声，呵之可出水珠，用来制作砚台，发墨快、研墨细、不损笔、浓淡相宜，被文人墨客视为最宝贵的案头珍品。目前，甘肃省甘南藏族自治州卓尼县的洮砚乡，几乎家家户户都做着与洮砚相关的工作。

神秘的达里加翠湖

达里加翠湖又叫达里加雍措，位于甘肃夏河甘加乡海拔 4636 米的达里加山巅，是五个颜色各异的高山平湖，藏语分别称之为：措洛瑞、措尔更、达里加雍措和措江，而措洛瑞湖是由两个小湖构成。

达里加翠湖呈圆形，湖水墨绿如翠，无风时湖面平静无波，环境极为优美。据说如果在湖边高声大喊，湖水就像是被惊醒一样，波光粼粼，浪花飞溅。

传说古时候有一个大力士，名叫拉乃合桑交加。他打猎的时候来到了达里加山。他爬上山顶，放眼望去，忽然发现湖面上有一只硕大的青蛙，绕着湖边游了一圈之后就消失了。然后，平静的湖面忽然消失了，一片广阔的草原出现在眼前，许多身着盛装的青年男女在草原上骑马奔驰，嬉戏玩耍。一位少女不小心从马上摔了下来，拉乃合桑交加忍不住哈哈大笑。草原忽然消失了，湖泊重新出现在眼前，好像一切都没有发生过似的。不一会儿，湖面上漂浮起一只青蛙，且已经身首异处。原来，那只青蛙是巡逻湖边的哨兵，因没有发现有人在偷看，致使天机泄露，故而被斩首示众。

神秘的达里加翠湖被当地群众视为圣湖，常来湖边焚香祷告，插箭、煨桑，并向湖中投掷五谷祭品，祈祷人畜平安。

七仙女峰的故事

甘肃玛曲木西合乡政府所在地下游十余公里处，有高低相依的七座山峰。关于这七座山峰，当地流传着两个动人的故事。

第一个故事是说，很久以前，天上的七仙女到人间游玩。看到这里的美景，流连忘返，尽情地沐浴、玩耍。她们突发奇想，要手拉着手把黄河截断。可她们毕竟是女孩子，玩久了就有些体力不支。最小的妹妹最先打了退堂鼓：“姐姐们，我坚持不住了！”她的六个姐姐回头一看，顿时变成了相依的六座山峰。小妹妹痛哭不止，不久也和姐姐们一样，永远留在了这里。黄河水从小妹妹的脚下蜿蜒绕流，径自东去。

第二个故事是说，当年黄河泛滥，洪涝成灾。大禹四处疏通水道，昼夜不息。天上的七仙女被大禹的精神所感动，主动前来帮助。她们疏通了这里的河道，并帮助人们重建家园。后来她们舍不得离开自己辛勤付出的地方，便化作了七座山峰，长久地凝望这片美丽的土地。

当地牧民百姓为了祭祀七仙女，在七仙女峰的对面修筑起了一座煨桑台。每年的农历六月，人们便前往祭祀，祈求仙女们保佑平安。

永泰古城

甘肃景泰县有一座修筑于明代的古城（又名“龟城”），名叫永泰。它南依寿鹿山（又名“老虎山”），东北接永泰川，西临大砂河，曾是明朝政府重要的军事要塞，因为鸟瞰形如金龟，故又称“永泰龟城”。民间曾有“先有老虎城、永泰城和红水县，后来才有景泰城”的说法。

据史料记载，明万历二十六年（1598），将军李汶奉旨讨伐鞑靼部，双方展开了一场艰苦卓绝的大战。最终，李汶击败了鞑靼，收复了大小松山，但原来的军事要塞也被损毁。此后，晋升为三边总督的李汶上奏朝廷，要求在永泰川修筑永泰城。于是，“永泰”第一次成为通往青海、河套、新疆和西藏的咽喉之地，开始具有了政治、军事、外交、商业发展的多重要义。

永泰古城的城墙由黄土夯筑而成，周长 1717 米，墙高 12 米，城基厚 6 米，上有炮台 12 座、城楼 4 座，夯土层上依稀可见箭镞留下的伤痕。城门向南开，外筑甬门，外门叫“永宁门”，内门叫“永泰门”，四面筑有瓮城。城北有五座烽火台。城周有护城河，宽约 6 米，深约 1 至 2.5 米。作为一道设计完备的军事屏障和防御工事，永泰古城在明清两代具有重要的战略地位，四百多年来没有被攻破过。

如今虽然由于气候的变迁、连年干旱导致生态恶化严重，水资源匮乏，土地沙化和盐渍化，城中的居民不得不陆续搬迁，但是往日“酒肆商行，旗幌昭然；茶亭饭馆，四时飘香”的繁华却犹在眼前。

鸽子鱼的传说

“天上的（天）鹅肉，山里的鸡，比不过黄河鸽子鱼”。这是宁夏和甘肃流传着的一句赞美鸽子鱼的俗语。

鸽子鱼，学名北方铜鱼，因其形似鸽子而得名，是黄河流域特有的珍贵鱼类，主要分布在甘肃靖远至宁夏中卫一带约 200 公里的黄河河段。鱼肉细腻白嫩，鳞稀刺少，具有提气补虚，滋阴补肾的功能，是老幼弱病者的滋补佳品。

传说很久很久以前，在永新乡观音崖的岩壁上住着许多鸽子，它们都被凶恶的鸽妖统治着。每年秋季，鸽妖就驱使鸽子们将附近农田里的粮食衔到山洞里贮藏起来，供它享用。有一年黄河泛滥，庄稼都被洪水冲毁了，第二年春天，农民没有种子下种，哀声遍野。一对美丽的鸽子听到哭声后十分难过，就带领鸽群把岩洞里的粮食衔了出来，撒到田间。农民们万分感激，但是这对鸽子却被鸽妖捉住，关进了岩洞里。它们与鸽妖英勇搏斗，但终于抵不过鸽妖的魔力，被折磨得遍体鳞伤。它们不堪忍受这样的屈辱，拼死飞出洞口，双双投入黄河。河神可怜它们，将它们变成了一对鸽子鱼，自由地生活下去。

据说鸽子鱼有解酒的奇效。清代皇宫举办盛筵，便以鸽子鱼作为醒酒餐，因此民间又称其为“宫廷鱼”。

鲁土司家族的故事

永登县城西南 65 公里的连城镇，有一处始建于明洪武十一年（1378）的鲁土司衙门。土司，是元、明、清授予少数民族首领的世袭官职，而鲁土司则是明、清时甘肃、青海边界颇有势力的土司之一。鲁土司以连城为中心，覆盖甘青多个县区，管辖面积达 9000 平方千米。历代土司苦心经营，治理此地，为明、清王朝立下了赫赫战功，为西北边陲的安定和民族团结做出了一定的贡献。

连城鲁土司的始祖脱欢，是元始祖忽必烈的侄重孙。元至正二十八年（1368），朱元璋军队攻打大都时，元顺帝出逃，脱欢跟随不及，流落河西。明洪武三年（1370），脱欢降明，被安置在连城，为一世土司。永乐二十一年（1423），因三世土司失伽屡有战功，永乐帝赐姓为鲁，名鲁贤，拜骠骑将军，右军都督府都督。其子四世鲁鉴，天顺元年（1457）与西犯庄浪（今永登）的鞑靼作战，因功升都指挥使，后升任左副总兵，协守甘肃。后世鲁麟、鲁经、鲁东皆为明朝重将，镇守西陲，战功卓著。

鲁土司世袭十九世，共二十二位土司，前后延续时间长达六百年。

一个能够传承六百年的家族，且避开了“君子之泽五世而斩”的现象，一直地位显赫，品级很高，其中必定有诸多不为人知的故事。

其实，在明末动乱中，鲁土司也遭遇了一场大劫难，第九世鲁土司鲁允昌死于乱兵。鲁土司衙门数百年的积累毁于一旦。第十任土司鲁宏也被乱兵抓走，押往河南。清顺治十六年（1659），鲁宏恢复了十世土司的身份，而此时的鲁土司职位已经空悬了十多年。

沉重的打击让鲁土司家族一蹶不振。在这个危急关头，一位很厉害的女人出现了，她就是第十任土司鲁宏的妻子汪氏。

鲁宏死后，汪氏守家护印，精心培育儿女。她的儿子鲁帝臣年仅十八岁就去世了，她又扶持养子鲁帝心接掌土司职位，并让鲁帝心娶了岳升龙的妹妹。汪氏的远见卓识在不久的将来收到了回报，岳升龙多次参加大战，并跟随康熙帝远征噶尔丹立下大功，被擢升为四川提督。

康熙五十年（1711），岳升龙的儿子岳钟琪做了四川松潘镇中军游击，并逐渐成长为一代名将。

鲁帝心也非凡品，年纪轻轻就接掌了土司大印，为振兴家族，他还自备军粮，参加康熙皇帝征讨噶尔丹的大战。1718年，鲁帝心的儿子鲁华龄接任十二世土司。鲁华龄和长他三岁的表兄岳钟琪一起配合作战，相互扶持，共同发展。鲁土司的“鲁家军”人数虽然不多，但强劲有力，鲁华龄也很有军事才华。随着屡次战役的胜利，清朝乾隆时期，鲁土司的势力达到鼎盛，辖境面积达万余平方千米。

1932年，鲁土司改土归流。“土司”一职成为历史。

“道拉”与安昭舞

在永登县连城镇，有五个土台子，人们把这地方叫五台。过去，这里是土族的聚居区。

村子里有一个名叫王莽的小伙子，每天打柴度日。有一天，他打柴回来，在路上走累了，就在河边歇了一会儿，喝了几口河水，还把一条小鱼吸进肚子里去了。谁知道这条鱼是龙王变的。王莽吃了龙王，顿时觉得力大无穷，但是饭量也大了很多，卖柴赚来的钱，已经不能满足基本的生活需要了。

村里有一个恶霸，干着拦路掠劫的勾当。他看见王莽气力大，又经常吃不饱饭，便以金银财宝引诱王莽入伙。王莽做了好多天的思想斗争，终于耐不住饥饿，跟着恶霸干起了坏事。村里人都想阻止他，但是谁也没有他的力气大，谁也打不过他，只能干着急，眼睁睁地看着他一步一步堕落下去。

连城的鲁土司听到后，内心焦急万分，却怎么也想不出一个好主意。这时，土司太太自告奋勇地走了出来，说自己有办法降服王莽。

这一天，王莽又在路上打劫，忽然看见一个女子向自己走来。女子眉目如画，穿金戴银，看上去来自富贵之家。王莽顿时心动不已。女子开口说：“只要你不欺负我，我愿做你的妻子。”王莽听了心花怒放，一把将女子抱了起来。女子又说：“我可以嫁给你，但是必须举行仪式，要请我们村里的人来喝酒。”王莽就跟女子回到村子里大摆酒席。

席间，女子和村里人不断对王莽劝酒，酒虽然一碗一碗地喝下去了，但王莽一点醉意都没有。于是女子让值客们唱“道拉”助兴，其中一首这样唱道：“天上圆来什么圆？天上圆来月亮圆，索罗罗树儿当中显，满天的星星扎一圈。莫‘刀’尼道拉者。”这是事先约定好的暗语，暗示早已准备好的刀斧手做好刺杀王莽的准备，但是现在还不到下手的时候。

这时，一位土族姑娘跳起“安昭”舞来劝酒，王莽高兴得痛饮了几大杯，终于醉倒了。姑娘大喊“安昭”，刀斧手趁势而上，一顿刀斧将王莽砍死了。

永登金嘴子的传说

甘肃永登县西北，有一个名叫“金嘴子”的地方。

很早很早以前，有兄弟二人居住在那里。附近有一个砂洞，洞中有金子。哥俩每天去淘金。一天，他们在砂洞中挖掘，机缘巧合之下，竟然挖出一个隐藏的小洞，里面有一头金牛。金牛浑身金光闪闪，竟然是活物！他们不相信自己的眼睛，小心翼翼地上前查看。这一看，又被吓了一大跳，金牛拉出来的粪便竟然也是黄澄澄的金子！他们欣喜若狂地扑上前去，拼命地往袋子里装，堆积如山的金牛粪装满了两条大口袋。弟弟说：“哥哥，咱们走吧，这些金子咱们够用一辈子了。”哥哥却说：“你傻不傻呀？咱们不仅要把这些金牛粪带走，还要把金牛赶回家。这样，咱们一辈子都不受穷了。”说着便去赶金牛，可是金牛怎么也不肯走。哥哥不甘心，说：“你要是不想走也行，但是我得把你的牛角带走。金牛角也很值钱呢。”说完,他顺手提起手边的锤头向金牛头上敲去。金牛一声怒吼，一瞬间地动山摇，无数巨石滚落下来，将洞口堵死了。哥哥被压在山洞里，而弟弟因为带的金子少，很顺利地在塌方之前逃了出来。

弟弟久久地注视着哥哥出事的地方，两行热泪滚滚而下。他以山为坟，埋葬了哥哥，然后带着自己的两袋金子回了家。此后，他的日子越过越好，但他从不好吃懒做，因为他知道，不劳而获和贪得无厌是会受到上天的惩罚的。

苦水高高跷的故事

永登县的苦水镇苦水街有一种高跷，高度达3米多，加上表演者的身高，可达4.7米至5米。每年的农历二月二龙抬头，人们就会穿上传统的戏剧服装，画上脸谱，拿上道具，踩上高跷，排成长队，上街表演。因为这种高跷的高度比一般的高跷高出很多，所以淳朴的人们就把它称作“高高跷”。高高跷的表演历史非常悠久，距今已经有七百余年了，有关它的历史传说也颇为有趣。

传说，苦水街东面有一道岭，名叫长山岭。它像一条巨龙，横亘在天地之间。明代以前，苦水山清水秀，绿树成荫，是一个富庶之地。可是元末时期，朱元璋的军师刘伯温途经苦水，发现长山岭有龙脉。可是天子也是龙啊！二龙相争，天下岂不是大乱？于是，刘伯温挥剑斩断了长山岭的龙身，赶走了龙魂。

刘伯温斩断龙脉后，苦水的灵秀就随之散失殆尽。苍翠的山野田园成为荒山秃岭，庄稼也枯萎死去，土地变得贫瘠起来。苦水的人们一心盼望着龙魂回归，让苦水重披绿装。于是，人们便用绸缎、彩纸、木片、竹条扎起了“长龙”，并在二月二龙抬头的那一天上街舞龙、闹社火，希望能够唤回龙魂，而苦水高高跷也就是从那时起逐渐形成的。

现在，苦水高高跷已经成为民间艺术瑰宝，国家级非物质文化遗产保护项目，从西北高原的一个小镇走向了世界。

马牙雪山的传说

马牙雪山位于甘肃天祝藏族自治县西部，距县城 35 公里，藏族语称为“阿尼嘎卓”。山顶终年积雪，形似马牙，故而得名。

马牙雪山主峰海拔 4447 米，剑峰兀起，直插云霄，令人敬畏。日出、日落时分，雪山在光线的变化之中呈现出多样的姿态，时而像水晶宝塔玲珑闪烁，时而像五彩宫殿绚丽辉煌，令人叹为观止。关于马牙雪山的形成，当地流传着这样一个故事。

很早以前，扎西秀龙滩上有一个名叫华锐的藏族部落。他们放牧、歌唱、舞蹈，过着与世无争的神仙般的生活。部落里有十三个兄弟，他们剽悍、勇敢、勤劳、诚实。

离扎西秀龙滩五百里，有一个洞穴。有一天，洞穴里来了一个九头妖魔。它凶恶、残暴，不仅要吃牛羊，吃附近的野兽，还盘算起吃人来了。

这一天，正好是扎西秀龙滩的赛马大会，人们盛装打扮，牵着自己家最健壮的骏马，欢声笑语地聚集在一起。九头妖魔趁机前来，寻找它的猎物。它将自己隐藏在一朵乌云中，探出两只血红的眼睛，贪婪地搜寻着。

这时，十三兄弟中最小的弟弟发现了那朵乌云，虽然看上去和其他的云彩没有什么不同，但是他总觉得有些异样。于是他默默地退到一边，暗中观察。他端详着那朵乌云，终于发现了九头妖魔的踪影。他立即搭弓，将一支锐利的箭射向了云头上的妖魔。妖魔猝不及防，被射中了肩膀，顿时一声大吼。

妖魔暴露了,赛马会也乱成了一锅粥。孩子哭,大人叫,马儿嘶鸣,羊儿奔逃。妖魔趁乱下手，吃掉了好几个人。十三兄弟冲上前去，和九头妖魔展开了殊死搏斗。

人和妖魔的决战，人处于下风。虽然十三兄弟拼死搏杀，并付出了生命的代价，但是九头妖魔依然险胜。虽然只剩下一颗头颅，但是它依旧暴虐地扑向无辜的百姓。十三兄弟的英灵顿时拔地而起，变成十三把寒光闪闪的宝剑，他们的战马也冲上云霄，拼命地撕咬着妖魔。这一次，妖魔彻底死了。这些宝剑变成了挺拔突起的高山，像屏障一样继续守护着百姓的安宁。

从此，草原上的人们每年都要举行赛马会，并取前十三名进行嘉奖，以纪念十三位英雄。

乌鞘岭上韩湘子的传说

乌鞘岭位于天祝藏族自治县中部，属祁连山脉北支冷龙岭的东南端，为陇中高原和河西走廊的天然分界，也是东亚季风到达的最西端。主峰海拔 3562 米，年均气温 -2.2℃，志书对乌鞘岭有“盛夏飞雪，寒气砭骨”的记述。

乌鞘岭上有一座韩湘子庙，据传说，韩湘子曾经来过这里。

那是很多年以前，乌鞘岭上住着脾气暴虐的雷公。老百姓每年都要给雷公献上牛羊、美女和五谷，才能保证人畜平安、庄稼丰收。否则，雷公就要大发脾气，用冰雹毁灭良田。老百姓叫苦不迭。

一天，韩湘子路过乌鞘岭，正遇见老百姓给雷公送礼。虽然个个都打扮得漂漂亮亮，但是却都是一脸苦相。特别是那些要被送给雷公的美女们，她们的家人更是哭哭啼啼。韩湘子觉得奇怪。问清楚此事后，韩湘子决心惩治雷公。

那雷公正等着收礼，可是左等右等都不见有人来，于是大发雷霆，天空乌云密布，电闪雷鸣，豆大的冰雹噼里啪啦地砸了下来。韩湘子却不以为然。他手指天空，口念咒语，霎时雷电停止，冰雹也变成了雨水。雷公恼羞成怒，使出神通，用雷电劈向韩湘子。韩湘子敏捷地避开，并用手中的紫金箫轻轻一点，雷公就从天上落了下来，摔死在乌鞘岭的西边，变成了一座山，人们把它叫作雷公山。

为了感谢韩湘子，人们在乌鞘岭上修建了一座庙，从此香火不断。

甘州石

蜿蜒的古浪峡中，巍巍的铁柜山下，有一块白色的巨石，石上刻着“甘州石”三个大字。老辈人说，这是一块“神石”。甘州不是张掖吗？这甘州石怎么来到了千里之外的古浪呢？原来这里有一段故事。

传说此石是女娲补天后剩下的一块奇石，女娲见它洁白如玉，不忍丢弃，就顺手用它堵住了泛滥的黑河水，使甘州成为一片沃野。过了一千年，这块石头修炼成了神仙，继续佑护着一方平安。

有一年，西王母准备在甘州举行群仙会，古浪石门山的山神也来参加。他闲来无事，向西王母叨叨了一些人间的闲话，说得顺口，连人们抱怨西王母的话也说了出去。西王母听了大怒，立即下旨，让石门山普降暴雨十日，灭灭百姓的火气。石神听了大惊失色，他不忍心石门山的百姓遭殃，便悄悄去求太白金星，想要救救那里的百姓。太白金星想了想便答应了。他指点石神飞赴石门山，然后现出原形，堵住洪水。但此事有违西王母的旨意，所以千万不能让第三个人知道。石神点了点头，即刻启程。

他飞了很久，疲惫不堪，便落下云头，在铁柜山下歇息。不巧，一个甘州道士从此处经过，看见石神，不禁说道：“这不是甘州的神仙吗？到古浪干啥来了？”石神顿时动弹不得，并渐渐现出了原形，从此留在了古浪，直到今天还屹立在那里。

高沟堡的传说

在武威城东 30 公里，腾格里沙漠的边缘，有一条干涸的古河道——洪水河。河道西岸，一串明代烽燧伴着蜿蜒曲折的古长城，稀稀落落地散布在田野里。

没有多少人知道，那片被黄沙掩埋的断垣残壁，竟是历史上一座很有名气的城池——高沟堡古城的遗迹。

高沟堡古城是凉州境内唯一幸存的汉代古城遗址。凉州故有民谚："先有高沟堡，后有凉州城"。直到有了凉州城，这里仍是镇守凉州的东大门。

关于高沟堡的前世今生，有这样一个故事。

相传，在距今三百多年前的清朝康熙年间，高沟堡还是一个房舍整齐、人烟稠密的大堡寨，各行各业兴旺发达。城堡附近的黑墨湖（俗称龙王泉）一带，水草丰美，良田连片。洪水河畔，高大的胡杨林、芳香的沙枣树延绵数十里。

可是后来发生了变故，美丽的家园在一夜之间被摧毁。城堡变成了一片废墟，绿洲成为遥远的回忆。

原来，那时高沟堡有个大地主，虽然富可敌国，但仍然贪得无厌，时常砍伐防风固沙的林木，为自己建造华美的屋舍。老百姓们忧心忡忡，商量对付地主的办法。地主火冒三丈，但又忌惮百姓人多，不敢公然冒犯。他日思夜想，筹划如何赶走这帮百姓，把高沟堡的土地全部据为己有。他捻着胡须，眼珠一转，想出了一个鬼主意。

高沟堡城内有一座数丈高的土台子，台上有座龙王庙，庙里供奉着管治风沙的黄龙神。黄龙神肚子里藏着一颗避沙珠，能镇得住流沙，保得高沟堡风调雨顺，水草丰盈。地主想，如果没有了避沙珠，风沙就能把老百姓的房子掀翻，将他们统统撵走。而自己的房子在高墙大院的保护之下，不会受到丝毫损伤。到时候高沟堡人去屋空，自己就能坐拥财富、独霸一方了。他越想越觉得高兴，便打发儿子趁着月黑风高，偷偷潜入龙王庙，剥开黄龙神的肚子，盗走了避沙珠。

然而，正当地主父子庆祝阴谋得逞的时候，一场万劫不复的灾祸从天而降。亘古未见的黑风暴从西北方卷地而来，瞬间天昏地暗、房倒树拔、水干草枯……

黑风暴整整刮了三天三夜。当幸存的人们扒开断垣残壁，探出头来放眼四望，发现曾经熟悉的一切都不存在了。房子没了，农田没了，树林没了，湖泊和河流都没了，到处都是连绵起伏的沙丘……

覆巢之下安有完卵。那个鼠目寸光的地主，在黑风压城的一刹那，就被汹涌而来的流沙冲垮了房子，活活被埋在了沙山之下……

那场灾难，幸存者寥寥。人们无家可归，只好到别处流浪去了，而这个悲惨的故事，正是通过他们才流传了下来。如今的高沟堡，遗址还在，教训还在，故事还在。在古城的遗址上，有一座简陋的庙宇，留给百姓上香祭奠，祈福消灾……

大云寺的凉州钟

“一条大路通阳关，钟楼正对祁连山。”说的就是武威市凉州区和平街钟楼巷大云寺内的钟楼。它始建于前凉，历史悠久，一口古老的钟悬挂其上。这口钟声音雄浑，可远播数十里，又称“大云晓钟”，为凉州八景之一。

关于这口凉州钟，还有一个凄美的故事。

传说凉州城外有个小村庄，村庄里有两家人，一家姓金，有个女儿名叫金凤；一家姓王，有个儿子名叫玉柱。金凤和玉柱一起长大，青梅竹马。

玉柱会打猎，能种田，是人人称道的棒小伙。金凤能绣花，会唱歌，是远近闻名的好姑娘。在大家的祝福声中，两人结为夫妻，小日子过得甜甜蜜蜜。

有一年，凉州边境遭到骚扰，官府招募兵丁，玉柱怀着一腔热血毅然报名参军。在战场上，玉柱表现英勇，很快晋升为先锋，浴血奋战数月，终于平息骚扰。玉柱的威名传遍了整个军队，士兵们纷纷赞扬，并以他为榜样。可是，督军大人却并不高兴。他一来害怕玉柱争功，抢了他的风头；二来怕士兵们拥护玉柱将自己架空。于是，督军大人心生一计，派遣玉柱带领一队人马戍守边关。

玉柱一行进入浩瀚无边的戈壁。走啊走啊，不知走了多少天，迷失在戈壁深处。粮食吃光了，水也喝光了，眼看着就要被困死在戈壁滩上……

自从玉柱走后，金凤日日祈祷，夜夜期盼，好多天过去了，却始终不见玉柱回来。金凤便只身一人到凉州寻夫。来到凉州城，金凤从百姓们口中得知，玉柱遭到督军大人的陷害，被派到边关戍守，现在生死未卜，听到这个消息，金凤顿时怒火中烧。又听说那督军已经向朝廷奏表，把战功全归在自己头上，并整天花天酒地，穷奢极欲，还征调能工巧匠铸造大钟，把自己的“丰功伟绩”刻上去，好万古流芳，金凤更是愤怒非常。

说来也怪，无论匠人们怎么努力地铸造，督军大人的这口钟就是敲不响，连铸了好多口都是如此。督军大人气急败坏，多次发下号令，召集天下的能工巧匠。

这一日，金凤闯进官府，要找督军理论，质问他为什么要害玉柱。督军一见金凤，顿时被她的美貌迷住了，那水汪汪的眼睛，那银铃般的声音，把督军的魂儿都勾走了。督军千方百计地引诱金凤顺从自己。但金凤不为所动。她亮开喉咙，高声歌唱，历数督军的恶行，痛诉自己的悲伤。歌声在凉州城的各个角落回荡，督军的恶行一传十，十传百，很快就传遍了全城。

督军恼羞成怒，命令手下将金凤五花大绑，推至铸造大钟的火炉前，威逼说：“你若不从，就把你推下去，烧得尸骨无存！”满城的百姓闻听，纷纷赶来阻拦，官府被围堵得水泄不通。督军狞笑着扑过来，金凤悲愤地高喊：“就算我的骨头成灰肉成泥，铜嘴铁舌也决不饶你！”然后纵身跳进火炉。大火冲天而起，金凤瞬间被万道霞光包围，消失在人们眼前。

一口崭新的大钟铸成了，刚挂上钟架，还没有敲打，大钟突然发出“郎啊，郎啊”的轰响。天空瞬间变了颜色，黑漆漆的乌云压上了凉州城。“郎啊，郎啊”，那洪亮的声音传遍了凉州大地，震得官府墙裂屋塌。

雄浑的钟声传进了戈壁，昏死的玉柱顿时清醒过来：这声音为什么如此熟悉？就好像金凤深情地呼唤。他打起精神，顺着钟声的指引走出了戈壁滩，重返凉州城。他双手搂定大钟，胸膛紧贴着钟身，尽情地哭诉了一夜。

第二天，玉柱擦亮了宝剑，磨利了匕首，将那督军的头颅狠狠地割下，从此浪迹天涯。

圣容寺石佛的故事

圣容寺是甘肃境内唯一保存完整的唐代佛塔建筑，位于永昌县城北 10 公里处的御山峡西端，城关镇金川西村。寺内有大小二塔，隔山谷相望。

据说，北魏太武帝太延元年（435），稽胡高僧刘萨诃在去天竺“观佛遗迹”的路上，行至凉州西 35 公里的番和县（今永昌）时，向东北望御山，预言御山峡谷将会开裂，出现无首石佛瑞像，“若灵相圆备则世乐时康，如其有阙则世乱民苦”。

北魏孝明帝正光元年（520），一位名叫李师仁的猎手在御山峡谷追杀一只麋鹿，被僧人劝止。李师仁放下屠刀，出山皈依，天地顿时风云变色，雷震山崩，御山南面的岩石里现出了一尊通高一丈八尺，和山崖连成一体的无首石佛。

又过了四十年左右，在距此 100 公里之遥的凉州城东七里涧，据说夜有神光呈现，映照出佛首的形状。这尊佛首头顶有较为低平的螺髻，面相方颐，鼻梁隆起，上眼皮微垂，宝相庄严。人们非常高兴，认为这可能就是凉州御山石佛的佛首，于是就用八抬大轿抬来，安放在大佛身上。佛首和佛身严丝合缝，就像原本就连在一起似的。

大佛身首合一的消息像风一样传遍了各地，也惊动了北周皇帝宇文邕。他调集凉州、甘州、肃州三州的工匠，来到永昌建造了一座寺庙，名为瑞像寺。隋炀帝西巡时诣寺礼拜，亲笔改名为感通寺。

唐贞观十八年（644）春天，高僧唐玄奘从天竺取经归来。途经敦煌时，他在莫高窟中看到了凉州番禾郡御山石佛瑞像和刘萨诃和尚的画像，对这座寺院产生了敬意。来到永昌后，又有人向他讲述了该寺和石佛瑞像的神奇传说，使他更加崇敬。回到长安后，他所做的第一件事就是仿照该寺的两座塔，修建西安小雁塔，成为后人观瞻的胜迹。中唐吐蕃统治河西时，感通寺又改名为圣容寺，名称沿用至今。

历史名山焉支山

河西走廊中部的焉支山，在中国历史上非常有名。它的辉煌历史，还得从匈奴时期说起。

当时，掌管这片草原的是匈奴领袖头曼单于。头曼单于偏宠一个来自乌孙的阏氏[①]，想让她的儿子继任单于之位。但冒顿王子是长子，也是匈奴的太子。于是，头曼单于和这个来自乌孙的阏氏便动起了恶念。

他们筹谋了很久，不敢在匈奴的土地上杀害冒顿王子，只好借助别国之手。他们想到了一个“绝妙”的办法：派冒顿作为匈奴“质子”出使月氏国。这样一来，一旦两国发生冲突，冒顿就会被月氏杀掉。于是，冒顿前脚刚到月氏国，头曼单于就悍然出兵攻打月氏国。冒顿得知真相后痛不欲生，便在一个月黑风高的夜晚，盗取了月氏国王的汗血宝马，悄悄地离开了月氏。他骑着宝马翻山越岭，一路东行，跨越千里，来到了河西走廊的焉支山下。焉支山是冒顿的心腹老浑邪王的驻地，老浑邪王冒着“窝藏逃犯”的罪名，把冒顿藏匿到焉支山里一个牧人家里，然后静静观察事态变化。焉支山上松林密布，流水潺潺，奇花异草，争奇斗艳。在这样优美的环境里，冒顿与老牧人美丽的女儿相爱了。不久，他们成了夫妻。

---

①阏氏：汉代匈奴单于、诸王妻的统称。

冒顿平安归来的消息还是被头曼单于知道了。他对这个机智过人的儿子多了几分欣赏，便封冒顿为万户长，并拨出一万名骑兵供他调遣。头曼单于另眼相看，并不代表冒顿也既往不咎，他对自己的父亲充满了仇恨。不久，他“鸣镝[①]弑父”，成为新的匈奴单于。

那时候，匈奴的力量并不是北方最强大的。汉朝在南，月氏、乌孙等在西，东边的东胡更是虎视眈眈。但冒顿带领匈奴子民，在夹缝中坚强地生存发展。东胡的国王欺辱冒顿是个新君，就派使者连年索要牛羊马匹。冒顿一一答应。一年，东胡的使者又来索要一个后妃。群臣愤怒了，请求冒顿出兵，冒顿说：“咱们是好朋友，怎么能舍不得一个女子呢？”就答应了东胡的要求。虽然冒顿如此隐忍，可是让哪个后妃前去却让他非常头疼。这时候，那个焉支女子来了。她自请前往东胡，帮助冒顿成就大业。冒顿很受感动，含着泪答应了。第二天，她就出发了，这一去，就再也没有回来。第二年，东胡的使者又来了，让冒顿把东边的土地割让给他们。有人提议，那片土地荒芜不堪，就给他们算了。冒顿一反常态，说：“土地是国家的根本，我们没有资格随便出让一寸土地。”并当场斩杀了东胡的使者，祭旗出兵，很快就荡平了东胡。冒顿的这个阏氏用自己的青春和生命做代价，换回了更多家庭的幸福安宁，成就了匈奴的辉煌和强大。冒顿为了纪念她，就把她生活过的那座大山更名为阏氏山。

公元前 121 年之后，焉支山纳入汉朝版图，这里就成了游牧文明和农耕文明的碰撞区，也成了中原文化和西域文化汇合区。再后来，隋炀帝在这里举办万国博览会，哥舒翰修建钟山寺，李白、王维、韦应物、岑参、陈子昂等大诗人吟诵唱和，无不给这座山留下了光辉灿烂的文化形象。焉支山也成为名副其实的中国历史文化名山。

---

①鸣镝：古代一种射出时能发出响声的箭。

胭脂花

焉支山上盛产胭脂花。姑娘们用它来擦脸，皮肤胜过春天的桃花。胭脂花为什么这么神奇呢？

传说很早以前，焉支山上有一对老夫妻。他们忠厚善良，却膝下无子。一天夜里，老两口同时做了一个梦，梦见王母娘娘送给他们一朵像胭脂一样红的花。他们非常奇怪，不知此梦是福是祸。

十个月后，老婆子生下了一个女孩，便起名胭脂。寒来暑往，转眼间，胭脂姑娘已经十六岁了。

这一年，焉支山大旱，几个月滴雨未下。瘟疫又随之而来，民不聊生。胭脂姑娘看到乡亲们受苦，急得哭干了眼泪，发誓一定要找到水救大家。

她向焉支山顶上跑去，想站到山峰上查看四周哪里有水源，目之所及，只有一片苍凉。她继续往前走，在一处悬崖上发现了一块石头。这块石头很是奇特，像一朵出水芙蓉，石头下面还有潺潺的流水声。胭脂姑娘高兴得跳了起来，急忙回家拿来了工具，一个劲儿地挖。

太阳落下，月亮升起，胭脂姑娘挖呀挖呀，手上磨出了无数个血泡。星星落下，朝霞升起，胭脂姑娘手上的血泡全磨破了，虎口也裂了，鲜血一滴一滴流下来，染红了脚下的土地。她又渴又累，终于支持不住，靠在石头上睡了过去。她做了一个梦，梦见王母娘娘给了她一把金斧，并告诉她，用金斧在石头上砍三下，水就会流出来。胭脂姑娘一高兴，就醒来了，发现自己的手里拿着一把金光闪闪的斧子。

胭脂姑娘高兴极了，连忙拿起金斧，用尽全身力气，在石头上砍了三下，只听“轰隆隆”一阵巨响，石头裂开了。胭脂姑娘躲避不及，掉进了石缝。大股的泉水喷涌而出，向山下流去，所到之处，庄稼返青，鲜花盛开，瘟疫也消除了。人们得救了，胭脂姑娘却再也没有回来，只是在泉水中间长出了一朵亭亭玉立的胭脂花。

砚台石

去过焉支山的人，都会在万寿岭下看到一块硕大的岩石，岩石上有一处椭圆形的凹陷，形似砚台，栩栩如生，微风吹过，好像可以闻到飘散的墨香。这块“砚台石”，据说与诗仙李白有关。

当年，李白阅尽群书，游历四方时，收到了好友王维的书信。王维说自己奉命去了塞外河右，登临了著名的焉支山，此山奇峰逶迤，松柏常青，让人流连忘返。随信附有《燕支行》一诗，让生性浪漫的李白心生羡慕。于是，李白便收拾行囊，动身西去。

李白和书童一路往西，在戈壁荒漠风餐露宿，好不艰难。一天，他们来到一座大山前，山上树木繁茂，松涛阵阵；山顶被白雪覆盖，宛若仙境。成群的牛羊在山坡下悠闲地吃草，美丽的姑娘骑着高头大马，英姿勃发。

书童上前打听，原来此山正是王维信中所说的焉支山。李白大喜，马上带着书童进山游览。

主仆二人顺着蜿蜒的溪流进了山，只见小麦、青稞如碧海腾浪，油菜花满目金黄。越往里走，景色越美。那齐天的松柏、茂密的灌木、烂漫的山花，让人目不暇接。山下还是热浪滚滚，山中却让人遍体生凉，山顶还有终年不化的积雪，这四季之景汇于一处，让李白叹为观止。

主仆二人兴致勃勃地来到了一个怪石嶙峋的峡谷中，想要休息片刻，便选了一块平整的大石头坐了下来。李白被美景所感，诗兴大发，要在这石头上作诗。书童急忙铺纸研墨，李白于是大笔一挥，写下了《幽州胡马客歌》（此处为节选）：“虽居燕支山，不道朔雪寒。妇女马上笑，颜如赪玉盘。翻飞射鸟兽，花月醉雕鞍。”

山中的天气说变就变。李白刚刚写完，就见云层堆积，山风骤起，雨点噼里啪啦地滴落下来。他们赶紧收拾笔墨、砚台，谁知那块大石头上落了松胶，竟将砚台粘在了岩石上，一时不能取下。雨越下越大，二人只好暂时放弃了砚台，找到一座毡房躲雨。

雨后初晴，李白主仆二人回去找砚台，却发现砚台已经不见了。而李白写诗的那块大石头却凹下去一块，和李白的砚台一模一样。原来，焉支山神知道李白将成为名满天下的大诗人，到焉支山游览，总得为此方百姓留下一点纪念，就用松胶粘住砚台，让这方宝砚永远留在了焉支山中。

后来，李白对焉支山念念不忘，还写下“燕支黄叶落，妾望自登台。海上碧云断，单于秋色来。胡兵沙塞合，汉使玉关回。征客无归日，空悲蕙草摧”的《秋思》一诗，聊以抒怀。

石燕高飞

焉支山一个陡峭的山崖上，有一只展翅欲飞的石燕，它体态矫健，栩栩如生，据说是一个姑娘变的。

相传，焉支山北面的山脚下有一个村庄，村里有一个名叫石燕的姑娘。她聪明伶俐，美貌非常。可是她命途多舛，刚一出世，父母就离开了人世。多亏乡亲们的照料，她才长大成人，而且练就了一身武艺，尤其是射箭，更是百发百中。

村里有个小伙子名叫山鹰，使得一手好刀法。他和石燕青梅竹马，两小无猜。有一天，他俩正在山上散步，突然遇到匈奴兵来村里抢劫。山鹰和石燕一个拿刀，一个拿箭，奋勇抵抗，但终因寡不敌众，被抓到了匈奴兵营。

匈奴首领杀死了山鹰，又要纳石燕为妾。石燕宁死不从。这时，一只矫健的山鹰破窗而入，瞬间啄去匈奴的首领的双眼，然后引着石燕往外逃。可是匈奴兵穷追不舍，石燕见无路可逃，纵身跳进泉眼里。天地顿时色变，拳头大的冰雹噼里啪啦地砸下来，砸得匈奴强盗哀鸿遍野。

第二天清晨，人们看到一只石燕从泉中飞出，落在山崖之上，从此保卫着焉支山的一草一木，使乡亲们过上了安稳的日子。

据说当年骠骑将军霍去病讨伐匈奴时路过这里，听了石燕的故事，敬佩不已，并决定学习石燕的精神，终于一举击败了匈奴。

大草原上的火焰驹

甘肃山丹有一片广袤的草原，名叫大马营草原。那里水草丰茂，气候宜人，是孳养良马的最佳场所，故而被游牧民族和历代统治者视为宝地。

据说，很久以前，这里出了一匹“火焰驹”。它出生的时候骨瘦如柴，浑身都是皮痂，一直不长毛。每逢阴天下雨、打雷闪电，它就纵声长嘶，口鼻都会喷出火焰。很多人都认为这匹马是个怪物，唯有一位老牧民识得这是一匹宝驹。他跟主人说，自己准备告老还乡，但是因为路途遥远，需要一匹马来代步。如果主人可以将这匹瘦马给他，那么他愿意以这匹马抵消他的工钱。主人欣然同意。

老牧民把这匹马带走了。他找了一个僻静的地方，拿出事先熬好的草药汤涂在马身上。不一会儿，满身的皮痂脱落了，一匹骏马出现在老牧民眼前。这匹马毛色油润光亮，双目炯炯，口鼻喷火，俊美非凡。老牧民高兴极了，翻身上马，马儿一晃就不见了。这时，人们才知道他骑走了千年难遇的火焰驹。

火焰驹的传说无从考证，或许这就是一代代牧马人美好的希冀。

窟窿峡的传说

在河西走廊的腹地，绵延的祁连山和俊秀的焉支山之间，有一片被誉为“丝路明珠”的草原——山丹军马场。草原的深处，山丹军马一场九碗泉的东南面，是一条蜿蜒二十余公里、幽深而奇妙的天然峡谷。夹岸的高山上长满茂密的松林，苍翠浓郁，遮天蔽日。如茵的草地上，每走三五步就有一个“窟窿”。俯身查看，深不见底，只能听见地下水在窟窿中奔腾下泻，发出隆隆的声响，当地人把这个峡谷称为窟窿峡。

传说很久以前，这片草原上有一匹枣红色的神马，每逢干旱，便将甘霖洒向人间；遇有洪涝则俯身啜饮，保证这里连年平安。人们非常感激这匹枣红马，将它奉为草原上的神灵。

在这里有大群的军马如涛似涌，有成群的牛羊似翳如云，有万顷菜花芳香馥郁，有清流一脉，昼夜欢腾。就在这祁连山北麓离雪线不远的地方，有一处名为“窟窿峡”的天然峡谷，她以清纯秀丽的灵光吸引着远远近近的人们。后来有一个贪财的牧主，想将这匹宝马据为己有，千方百计地偷猎、抓捕，都没有得手。有一天，牧主在神马的必经之地挖了很多陷阱，想把神马困住。神马不知此事，果然陷进坑里，无法挣脱。牧主洋洋得意，神马却奋蹄长嘶。刹那间天崩地裂，地下万泉喷涌。牧主大叫一声，掉进了石洞里。神马也消失不见了。此后，窟窿峡便成了人们凭吊神马的去处。

将军石

山丹县城东南 100 公里处，马场境内的西大河流域，有一条南北走向的狭长沟谷，因盛产名贵中药大黄，故而得名“大黄沟”。

传说霍去病西征队伍中有一位神奇将军，此人性格刚烈，骁勇善战，几番独闯敌营，人称孤胆英雄。

将军随身带有两件宝物，一是心爱的宝剑；二是战功卓著的良驹白马。一日，他骑着那匹白马，身佩屠龙刀向敌营所在地黑松谷冲去，几经搏杀，敌军伤残过半。将军班师回营时，冷不防被带毒的暗箭击中，渐渐昏迷过去。

白马驮着将军来到了大黄沟，正好遇到一位隐者。隐者用沟中所产的大黄为将军疗伤，将军果然苏醒过来，伤势也逐渐好转。他与隐者结为异姓兄弟，并将自己的宝剑赠送给了隐者。

数年后，将军在沙场上壮烈牺牲，隐者痛心疾首，每日捧剑哀伤。一日，隐者上山采药，被困悬崖绝壁，无奈之下，将剑插入石缝中，又借助绳索的力量才得以脱身。第二日，当隐者带了几个人回来寻找宝剑时，发现剑已化作了将军石耸立在山崖顶端。现在去大黄沟，依然可以看到这块由宝剑变成的“将军石”。

张掖木塔

木塔寺原名万寿寺，位于张掖市县府南街。寺与塔初建于北周或更早一些。

据《重修万寿寺碑记》载，释迦牟尼涅槃时，化作八万四千粒舍利子。阿育王造塔置瓶，每粒各建一塔，甘州木塔即为其中之一。据《甘镇志》记载："后周时已有之，隋开皇二年（582）重建，唐贞观十三年（639），敕尉迟敬德监修。"明清均有补修，其建筑技巧集木工、铁工、画师技法于一体，制作精巧。

塔主体为木制，平面八角形，没有一钉一铆，全靠斗拱、大梁、立柱、纵横交错，相互拉结。内壁砖砌，分为九级，高30米。塔内附有楼梯，供人攀登。

关于木塔的建造，还有一个传说。

那时候，张掖干旱少雨，但是多风，这30多米的木塔怎么也建不起来。建不起木塔就无法供奉释迦牟尼的舍利子，负责建塔的师傅整日愁眉不展。

鲁班来到了此地，被工匠们执着建塔的精神感动，决心帮助他们。鲁班乔装成一个普通的木匠，参与到建塔的工程之中，一边干活一边仔细查看，认真思考，终于发现了症结所在。原来，木塔很高，拉力较大，用一般的套卯办法显然是行不通的。鲁班决定找负责建塔的师傅谈谈。

鲁班来到了建塔师傅的房间，师傅正在借酒浇愁，顺便招呼鲁班也喝一杯。鲁班说："没有菜，只有酒，这怎么喝？"于是出门去了。不一会儿，鲁班回来，手里端着一盘菜。只见雪白的豆腐拌着嫩绿的小葱，让人馋涎欲滴。但是仔细看看，其中似乎有着某种玄机。师傅猛然一拍大腿:“对啊！我怎么没有想到？”抬起头来，鲁班已经不见了。

原来，这“小葱拌豆腐”的下酒菜，暗含着一种新式的铆样，正适合木塔的建造。师傅使用了这种铆样，顺利建成了木塔。据说木塔中心还有一根铁柱，站在塔底一用劲，木塔就会旋转。30 多米高的塔，重量那么大，却如此结实，人们说这主要是铆的功夫。

塔顶原有一口古钟，钟声清越，若在天际，现已不存。

镇远楼的故事

位于张掖市中心的钟鼓楼，又名镇远楼，是有名的“甘州八景”之一。

相传，很久以前，祁连山的积雪融水流到这里，汇成了一个美丽的湖泊。黑水国灭亡之后，难民纷纷来到这里定居，一时间道路畅通，驼队、马车往来不绝。可是好景不长。有一年夏天，连日暴雨，顺水游来了一个黑鱼精。它毁坏房屋、伤及人畜，人们敢怒而不敢言。

有一户姓张的人家，兄弟三人，老大是铁匠，老二是石匠，老三是木匠，正在马蹄寺干活，得知双亲被黑鱼精害死，发誓要为父母报仇。老大没日没夜地铸造了一口大铁锅，老二从祁连山上采来一大块降妖石，老三准备了大量的木料。当黑鱼精再次兴风作浪时，人们一拥而上，众志成城，将黑鱼精打得昏死过去。三兄弟也拿出了准备已久的降妖法宝。他们将黑鱼精五花大绑捆在降妖石上，扔进了湖里，又把大铁锅扣在湖面上，并在锅上建起了高楼，楼上悬钟挂鼓。从此，金钟长鸣，战鼓不息，黑鱼精再也不能骚扰百姓，附近的妖魔鬼怪再也不能为非作歹了，因此人们便把这座楼叫作镇远楼。

张掖大佛寺

史书记载，张掖大佛寺初建于西晋，原名“迦叶如来寺”。东晋隆安五年（401），沮渠蒙逊建北凉于张掖，迦叶如来寺正是北凉国都的中心寺院。公元421年，昙无谶译成《大般涅槃经》四十卷，涅槃宗自此形成，张掖大佛寺便是中国涅槃宗的重要发祥地。

西夏崇宗永安元年（1098），国师思能等人在迦叶如来寺的废址中掘出古涅槃佛像，开始筹建一座更大的寺院。1103年，西夏国主乾顺为了替母亲梁太后祈求冥福，敕建“卧佛寺”，一座全新的皇家寺院由此形成，就是现在大佛寺的雏形。

西夏以后，张掖大佛寺长期作为皇家寺院，留下了一段段亦真亦假的皇室秘闻，其中尤以“元朝天下，宋朝皇帝”的传说最为神秘。

传说南宋灭亡，六岁的宋恭帝赵㬎被俘，被解送至大都。忽必烈为笼络南宋丞相文天祥和江南汉族，授赵㬎开府仪同三司检校大司徒，并封瀛国公，其后又将迈来迪郡王的孙女下嫁赵㬎。至元二十五年（1288），元世祖突然下诏，命瀛国公赵㬎去学习佛法。

赵㬎偕母亲全太后、妻子罕兀鲁来到张掖大佛寺，太后削发为尼，赵㬎皈依佛门，潜心钻研萨迦派佛学，译出大量佛经，成为一代高僧，被称为“合尊大师”。

忽必烈的母亲别吉太后死后，遗体被埋葬在这里，并建有庙祀。

公元 1311 年，元武宗殁，其弟仁宗继位。武宗之子周王因违旨被贬云南，复逃往张掖，与赵㬎结为好友。周王见赵㬎的孩子聪敏可爱，相貌不凡，便将其收为养子，名为妥懽帖睦尔。

后来，周王登帝位，即元明宗。公元 1333 年，妥懽帖睦尔即位，即惠宗，又称顺帝。再后来，明成祖朱棣在观看元顺帝画像时惊异地说："他怎么不像元朝列帝，而像宋朝列帝？"民间因此有了"元朝天下，宋朝皇帝"的说法。

往事历经近千年，已无从辨别真假，正如大佛寺大殿镌刻的对联"睡佛长睡睡千年长睡不醒，问者永问问百世永问难明"一样，后人也只能透过这些故事，感悟这座千年古寺经历的风风雨雨。

祁连山

在张掖城南，人们抬眼可见一座终年银装素裹的雪山。它连绵千里，静谧安然。它就是祁连山。

传说祁连山原来是一个大湖，湖水湛蓝清澈。湖边有一块镇水宝石，谁搬开这块宝石，就会带来巨大的灾难。湖中有个小岛，住着老两口。老两口晚年得子，取名牛儿。

牛儿生得浓眉大眼，力大无比，常常一个人撒网捕鱼。日复一日，年复一年，湖里的龙女祁连渐渐地爱上了这个朴实的小伙子。有情人终成眷属，一家人的小日子过得平静、幸福。

附近有个大财主，见牛儿娶了一个漂亮媳妇，就起了歹心，打发家丁去抢龙女，但龙女有一根神奇的绣花针防身，财主不能得手。于是财主想了一条毒计，暗暗派人搬开了湖边的镇水宝石。平静的湖水瞬间波浪滔天，淹没了农田，也摧毁了人们的家园，大财主也被淹死了。一浪高过一浪的潮水淹没了湖心岛，龙女不得已现出了真身，让牛儿骑到她的背上。

不知过了多久，湖水流干了，龙女却累倒在地。她没有力气变回人形了，慢慢地停止了呼吸。牛儿难过极了，陪在龙女的身边，久久不愿起来。后来，他们变成了一座大山，就是祁连山。

黑 河

黑河发源于祁连山北麓中段，是甘肃最大的内陆河，曾名合黎水、羌谷水、鲜水、甘州河。相传黑河这个名字与西汉骠骑将军霍去病有关。

当年，霍去病奉汉武帝之命阻击匈奴，在张掖的柳树堡驻扎下来。刚扎好营盘，就有匈奴骑兵前来反扑，汉朝军队损失惨重，不得已撤进城堡。匈奴兵来势汹汹，将城堡团团围住，企图困死汉军。霍去病彻夜难眠，苦思破敌良策。想着想着，就睡着了。这时，他梦见一个壮士对他说："草守城，马加铃，羊撞鼓，鼠打洞，人东走，龙西行。"霍去病似有所得，一跃而起。他招来众将领，按梦中那几句话的意思布置了一番。

匈奴兵只听得城内马嘶鼓响，铃声叮咚，不敢轻举妄动，一连几日都是如此。又过了几天，匈奴兵觉得事有蹊跷，就派了几个精干的探子爬上城头一看，发现城内已空空如也，只有几匹瘦马的脖子上挂着铃铛，一些山羊摇铃击鼓，城头立着的也是披甲的草人。只有城墙角下有一个洞口，连着一条地道。

匈奴兵大呼中计，马上命令士兵从此洞口追赶，还没走出地道，一股大水汹涌而来，匈奴兵全军覆没。

霍去病反败为胜后，再过柳树堡，发现那里已汪洋一片，河流湍急，向西北方向蜿蜒流去。霍去病沉思良久，对将士们说："这次败敌之策，全仗一位壮士在梦中授予我破阵法，才将匈奴兵全歼于黑山口，这条河就叫黑河吧！"

仙姑庙

很久以前，张掖城北的黑河岸边有一座仙姑庙，庙的墙壁上刻着这样一首诗："河边竟渡霍嫖姚，幻起云中挂鹊桥。纵铸金人成底事，昆邪无计诩天骄。"庙宇虽然早已不存，但仙姑的故事和这首诗却世世代代流传了下来。

那是在汉朝时候，黑河上还没有桥。河水滔滔，两岸的人们只能隔河相望。有一年，河边一户姓柳的农民家里生了一个女儿。这个孩子跟别的女孩不一样，不喜欢胭脂水粉，也不喜欢红衣绿裳，整天琢磨着怎样在黑河上修一座桥。人们都不以为然。

可是这个女孩并不放弃。她不辞辛苦，走村串户，为修桥募集银两。人们被她的诚心感动了，纷纷解囊相助，修桥的银两很快凑够了。

修桥的工程开始了，男女老少都来参加。可是正当大桥快要合拢的时候，突然发起了大水，把桥墩冲垮了，修桥的图纸也掉进了河里。女孩大喊一声，跳下河去抢。一瞬间，河水风平浪静。

大桥很快修好了，女孩却献出了宝贵的生命。但是她的遗体面色如生，就好像睡着了一样。人们不忍将她下葬，就在桥头修了一座庙，将她的塑像供奉在庙里。渐渐地，人们就把这座庙称作仙姑庙了。

后来，霍去病来到河西驱逐匈奴。一日，与匈奴兵激战正酣，天气突变，乌云翻滚，遮天蔽日。霍去病急忙下令停止追击，赶回营地。暴雨瓢泼而下，四周漆黑一片，难辨方向，兵马无法前行。在这关键时刻，忽见一个青衣女子提灯而来，好似在前面引路。那灯笼雨浇不息，异常明亮。霍去病当机立断，下令跟着这名女子前行，不一会儿就顺利地回到了营地。雨过天晴之后，霍去病巡视四周，发现黑河岸边有一座庙，里面供奉着一尊提着灯笼的青衣女子像，她的身上还在滴着雨水。

霍去病把这段奇事奏报了汉武帝，汉武帝亲自封这位仙姑为“贤觉圣光菩萨”。仙姑庙的故事就这样流传了下来。

药水泉

文殊山位于甘肃肃南裕固族自治县祁丰藏族乡，是祁连山北麓坡地的一条支脉，峰峦叠嶂，巍峨险峻。山有石峡，峡中松柏蔽日，野花飘香，泉水粼粼，鸟雀喧鸣。

文殊山的后山有一眼泉，水呈淡黄色，冬暖夏凉，不溢不竭，据说曾经治好了北魏太子拓跋恪的皮肤病。

那是南北朝时，北魏太子拓跋恪身患疥疮，全国的名医都束手无策，魏孝文帝为此十分苦恼。有个大臣说：“依臣愚见，不如让太子游历四方，访求民间良医。”孝文帝同意了。太子在兵勇的护卫下，从洛阳出发，直向西行，一路上访求了许多民间郎中，服用了不少珍贵药物，总是不见效果。一天，他们来到肃南（现为肃南裕固族自治县）的文殊山，被优美的风景所陶醉，便决定小住几日。时值盛夏，太子觉得闷热，便信步走进松林之中乘凉。走着走着，便来到一眼泉边，太子便卷起袖管，痛痛快快地洗了一把脸。大热天遇凉水，格外舒心适意，太子索性把手泡进水中，眯起眼睛享受凉意。第二天，太子发现自己手指缝里的疥癣竟然全好了！他非常高兴，马上来到泉边，把全身都浸泡在水中，当天晚上就觉得疥癣好了一半。此后的几天，太子每天都去泉水中沐浴，身上的疥癣很快就痊愈了，而且皮肤光洁，宛若新生。

太子高兴极了，当即在泉边修建了一座寺庙。自从拓跋太子洗过澡以后，泉里的水变成了淡黄色，人们称它为“药水泉”。

胭脂泉的传说

高台县镇夷古城（现为镇夷乡）南 30 公里处有一眼“胭脂泉”。据说是用胭脂染红的。关于这眼泉，还有一个动人的故事。

相传，北宋年间，瓜州、沙州、肃州被西夏政权割据，宋神宗授命佘太君执掌元帅印，率领杨门女将前去征讨。

北宋大军浩浩荡荡向西挺进，一路上打了几个大胜仗。这一日，大军来到黑河以南的八坝堡，与一支西夏军遭遇。这支西夏军的首领名叫伊律呼喇，此人生得相貌丑陋，人也粗鄙不堪，但是他的士卒个个勇猛，士气旺盛。佘太君心想：对付这样的敌人，不可力抵，只能智取。于是，她眉头一皱，计上心来。

两军对垒，西夏军严阵以待，而宋军军营里却是另一番景象。只见军帐密密匝匝，一眼望不到头，而主帅的帐前，几十缸烧酒一字排开，数十个浓妆艳抹的妖艳女兵正在给军士们盛酒，好像是在犒赏三军，那种旁若无人的镇定，让西夏军进退两难。

浓郁的酒香在空气中四散开来，西夏军个个馋得口水直流，恨不得冲上前去倚红偎翠，开怀畅饮，连伊律呼喇也是如此。佘太君又令士兵扎了几十个草人，穿上女兵的衣服，趁着天黑放在酒缸旁边，摆出一副痛饮不休的架势，然后在每个酒缸边点上灯火，令大媳、二媳、三媳领兵埋伏在黑河边上，堵住敌人的后路；其余几个儿媳各带领人马埋伏在大营两侧；八姐、九妹和其余将士留在营内伺机杀出。大家以炮声为号，三面出击。

西夏军士熬到天黑，又见酒缸边上女兵仍在，便认为偷袭的时机已到，举兵直奔宋军大营。忽然一声炮响，宋军杀将出来，将西夏军包了饺子。那些侥幸逃脱的，拼了命杀回自己的营帐，却发现大营早已被一锅端了。

第二天打扫战场，杨家女将获得刀枪、马匹等战利品不计其数。佘太君下令全军就地宿营，休整三天。女将们兴高采烈，连忙找水，梳洗打扮。她们发现附近有一眼泉，泉水清澈，正好用来梳洗。她们的脂粉染红了泉水，泉水从此不能饮用，但是那柔和的淡红色却让人觉得赏心悦目。后来的人们便据此传说，将此泉叫作“胭脂泉”。

酒泉的来历

汉武帝派骠骑大将军霍去病率领二十万大军出征匈奴。得胜而还后，汉武帝十分高兴，立即传旨，对霍去病大加赏赐。在所赐的东西里有一壶御酒。御酒只有一壶，士兵却有二十万之众，怎么办呢？大家伙儿纷纷献计。有的说，将御酒分成小杯，每一百人分一杯。也有的说，干脆不要分了，留作纪念。

霍去病觉得无论哪种方法都不可取，愁苦之中便信步走出营帐。这时有几个士兵抬着水桶远远走来，霍去病随口问道："打水的地方远吗？" 士兵回答："不远！附近有山泉。" 霍去病忽然有了一个绝妙的主意。

第二天，霍去病传令，将御酒倒在山泉中，取"源源不断"之意，这样所有人都能喝到御酒。谁知御酒倒进泉水之后，泉水真的有了酒香，而且怎样也喝不完，将士们都非常高兴，将山泉称为"酒泉"。久而久之，"酒泉"的名头越来越响，竟成了一个地名。酒泉的泉湖公园至今还保留着一眼"酒泉"，据说，每天黎明的时候还可以闻到轻微的酒香味。

这池泉水已经成为酒泉文化的核心载体。无数的游人来到这里，陶醉在这个古老的传说里，也陶醉在醇厚的西域风光里。

酒泉钟鼓楼

很多年以前，酒泉有一座钟楼和一座鼓楼。这两座楼十分特别，没有登楼的路径，上面也没有人，但是每到破晓时分，钟和鼓就会自动地响起来，而且日日如此。

这一年，酒泉新任知县到任。他没什么本事，又是“一根筋”。有人把钟鼓楼的奇闻告诉他，他撇了撇嘴，说：“怎么会有这样的事？肯定是你们这些刁民在捣鬼。”一个人说了，知县不信。两个人说了，知县还是不信。说的人多了，知县也犯起了嘀咕：这些刁民日日来烦我，跟我说这些不着边际的话，一定是欺负我是新来的。既然如此，这钟鼓楼是必须要去的了。一旦抓到这个装神弄鬼的人，我定然不会轻饶！

第二天，知县早早地等在钟鼓楼下，刚一听到鼓响，就立即让人搭起备好的长梯，亲自往上爬。这钟鼓楼不是很高，但知县爬呀爬呀，这梯子却似乎总也走不完似的。知县累得气喘如牛，双腿像灌了铅一样。他再也不想往上爬了，只好让人帮他下来。但是从此以后，钟和鼓就再也没有自动敲响过。

夜光杯

“葡萄美酒夜光杯，欲饮琵琶马上催，醉卧沙场君莫笑，古来征战几人回。”这是唐代诗人王翰所作的著名的《凉州词》。诗中，葡萄酒和夜光杯的搭配相得益彰，令人神往。

相传，夜光杯是两个贪酒的神仙所造。他们飞过酒泉上空的时候，被泉水中的酒香所吸引，便忍不住降下云头，想要一尝为快。但他们是临时出门，并没有携带酒具。这时候，其中一个神仙挥了挥浮尘，取来附近山中两块碧绿的石头，用手捏了捏，就成了酒杯的形状。二人一杯又一杯地饮酒，大醉而归。那两个石头酒杯也被他们遗忘在泉边。

又过了很久，周穆王应西王母之邀赴瑶池盛会。席间，西王母赠给周穆王昆吾割玉刀及夜光常满杯。杯子碧光粼粼，宛如翡翠，倒入美酒，酒色晶莹澄碧，在皓月的映射下，清澈的酒透过薄如蛋壳的杯壁熠熠发光。周穆王如获至宝，爱不释手，从此夜光杯名扬千古。

临水堡

酒泉以东25公里处，有个建于明代的城堡，名叫临水堡。这里地势平坦，交通便利，农牧业发达，是丝绸之路上的一个重要驿站。西北干旱，多戈壁，这个城堡为什么会叫“临水”呢？

传说明朝时有个将军率兵西进。当时正是盛夏时分，戈壁滩上热浪滚滚，又没有乘凉的地方，战士们接连中暑，将军心急如焚。正在这时，他看见远处绿树成荫，河水波光粼粼。将军知道遇到了海市蜃楼。但是为了鼓舞士气，将军还是硬着心肠鼓励大家说：“前面的村庄已经隐约可见。大伙儿再使使劲儿，走到那里就可以休息了。到得越早，就越能早点享受阴凉！”士兵们一看，将军所言不虚，立即振作起精神，加快脚步往前走，很快就走出炎热的戈壁，来到一条河边。将军下令安营扎寨，让士兵们休整一段时间。

士兵们视这条河为救命恩人，又看到这里宽阔平坦，便开始开垦、耕种。渐渐地，他们在河边筑了城堡，架起了引水的渡槽。往来的车马行人也将此地作为小憩的驿站。久之，“临水堡”的名字就传开了。

海马泉

传说酒泉原是一片辽阔的草原。草原南端有一个小湖，当地人叫它“海子”。海子中心有一个泉眼，每天都有马群来此饮水。

有一年，这里出现了一匹俊美非凡的马。它浑身雪白，跑起来好像一道闪电。但是没有人知道它是从哪里来的，它饮完水之后又去了哪里。它来无影，去无踪，非常神秘，这一带的人都说这是一匹神马。当地有个读过书的人，断言这匹马是从龙宫来的，可能是这海子龙王的爱物。于是，一些别有用心的人就动起了歪脑筋。他们带着绊马索、套马杆，偷偷埋伏在白马常常出没的地方。那一天风和日丽，白马饮完水后，在草原上小憩。那些埋伏在此的人趁白马不备，一拥而上，将它围在中间。白马受惊，一跃而起，钻入泉眼中不见了。那些人不肯善罢甘休，在湖中摸索、挖掘，却一无所获。他们恼羞成怒，用一块巨大的磨盘石压住了泉眼，想把白马困在里面。

从那以后，湖水慢慢地干了，露出湖底。草原也不复先前的茂盛，马群也渐渐地不来了。人们怀念当年的水草丰茂，怀念那匹神俊的白马，就把这个海子改名为海马泉。又过了好多年，有人在湖底的干泥里发现了那块磨盘石，将它移开，发现里面灌满了黄沙，这些沙子和周围的都不一样。它们是从哪儿来的呢？这时，有人从鸣沙山回来，说在月牙泉边看到了一匹白马，竟和海马泉边的白马一模一样。人们恍然大悟。原来海马泉和月牙泉是相连的，海马泉的白马去了月牙泉，月牙泉的沙子填了海马泉。

白石头河

酒泉有一条白石头河，每逢春暮夏初，河畔牧草葱茏，错落有致的白色鹅卵石点缀其间，远看去，很像一群羊羔悠闲地休憩。可是酒泉的石头多为深色，这一片白色的石头是从哪儿来的呢？

相传很久以前的一个春天，酒泉风沙肆虐，刚刚播下的种子全都被风卷走了。人们哭天抹泪，抱怨上苍不公。太上老君知道后，便化作一个牧羊人，赶着一大群羊，前来查看灾情。他走到一条河旁，遇到一个老汉。老汉问他："你赶着这么大的一群羊，到哪里去？"太上老君答道："今年西北风刮个不停，不知道是什么原因，我去看看。"老汉叹了一口气说："就凭你？你还没有走到地方，就被风刮走了。今年这风可大得很啊！"太上老君知道这个老汉不相信自己，于是微微一笑，把牧羊鞭一挥，说了一声："变！"那一群羊瞬间变成了一块块白色的石头不动了。老汉惊得目瞪口呆。

后来的故事并没有流传下来，但是酒泉从此再也没有刮过那么大的风。这条河也因为一片白石头滩而改名为白石头河。

泪 泉

泪泉是酒泉众多的泉中最为奇特的一个。它位于清水镇白沙河上游，水呈白色，味道略咸，可以当作盐巴使用。传说，这眼泉是唐僧的眼泪变成的。

很久以前，清水镇是一片戈壁，东来西去的人，必须在天黑前离开这里，否则就得露宿戈壁。

太宗贞观三年秋，唐玄奘自长安出发，西去取经。一日，行至河西，见群山起伏，白雪压顶，大漠无垠，一派塞外风光。可是玄奘心里只装着“取经”二字，无暇欣赏。

盛夏的骄阳炙烤着大地，玄奘胯下的白马也无精打采。一人一马缓缓前行，头顶的太阳好像定在了空中一动不动，脚下的路也好像永远没有尽头。他想喝水，可是一不小心将水袋子掉在地上。玄奘眼看着水很快地渗入干燥的地表，又很快地蒸发了，只能叹一口气，继续催动白马前行。

又走了一阵，天已经擦黑，却看不到灯火，四周除了风声，一片寂静。这戈壁大得吓人。玄奘又渴又饿，实在支持不住了，白马却更加无法忍受，打了一个响鼻，然后一头栽倒在地，半天不愿意起来。玄奘急忙检查了一下，发现马没有摔伤，只是太累了，终于放下心来，躺在沙窝里，迷迷糊糊地睡了过去。

荒漠戈壁的夏季，昼夜温差很大。玄奘睡了几个时辰，忽然感到浑身发冷，然后挣扎着醒了过来。他摸摸白马，马儿水汪汪的眼睛望着他，玄奘忽然有一种深深的无力感。这样的路，还要走多久才能取得真经？一年？两年？还是一辈子？要是明天还找不到村舍、找不到水源，就会葬身于此。虽然死无所惧，但是真经没有取来，正果难成，辜负了唐王的嘱托和百姓的期盼，岂不枉修半生？既然已经发下宏愿，不到天竺决不东归一步，可要是死在此地，那可真是让人悔恨终生！

想到这里，玄奘不觉潸然泪下，晶莹的泪珠滚落到戈壁滩的砂砾上，闪现出隐隐的白光。玄奘浑然不觉，又迷迷糊糊地睡了过去。

第二天清晨，玄奘被白马轻轻蹭醒，赫然发现身旁出现了一眼泉，泉水有些咸味，好像眼泪的味道。玄奘立即双手合十，口呼佛号，然后俯身痛饮几口，又灌满了水袋子，骑着白马继续西行。

荒凉墩

酒泉上坝附近，有一片长满蓬蒿和骆驼刺的荒野，上面隐约可见一些土丘。这个地方名叫谎粮堆，故事就发生在这些小土丘上。

据说在十六国时期，河西出现过两个政权，一个是李暠的西凉国，一个是沮渠蒙逊所建的北凉国。他们两国经常发生战争，因此酒泉到高台这一片荒野上连年征战不休。

一次，西凉国王李暠的儿子李歆和北凉国王沮渠蒙逊在上坝一带鏖战，西凉国处于劣势，北凉国却气势汹汹。这时，一个西凉谋士突然急中生智，建议用疑兵计退敌。他们趁着夜色，在平地上堆起一个个土丘，把粮袋整齐地盖在土丘上并插上军旗。第二天一早，北凉士兵发现西凉的营地有了很大的变化，不仅增加了数不清的粮堆，而且增加了许多旗帜，似乎是西凉的援兵和粮草趁着夜色赶到了。就在这时，西凉国鸣金擂鼓，发起攻势，北凉士兵惊慌逃窜，溃不成军。就这样，西凉国的疑兵计成功了，这里留下的土丘便被称为谎粮堆。后来人们口耳相传，名称发生错讹，谎粮堆成了荒凉墩，并一直延续下来。

嘉峪关的由来

明太祖洪武五年（1372）壬子正月，明太祖朱元璋派兵远征朔漠。大军分三路：以魏国公徐达为征虏大将军，出中路；曹国公李文忠为左副将军，出东路；宋国公冯胜为征西将军，出西路。二十六日，大军出发，命冯胜出金兰，取甘肃（今河西走廊地区）。冯胜不负所托，当年便荡平了河西，并决定在戈壁滩上修建一座城池。

冯胜在瓜州、沙州、肃州查看地形，发现肃州西面是千里河西走廊最狭窄之处。这里南北皆是山，距离最宽处仅为15公里。中间是平地，宛如一个瓶口，战略地位十分重要。更为重要的是，这里有活水泉，名叫“九眼泉”，终年不竭，水质清澈，不但可以满足人畜饮水的需要，还可以浇灌良田。冯胜非常满意，认为在此筑城可以扼控咽喉，于是在七月间开始筹备，第二年便筑成了一座周长733米，高、宽各6米多的土城，像一队威武的战士屹立在两山之间，牢牢地守卫着丝绸之路的咽喉要道。

嘉峪关城楼多出的一块砖

明代正德年间修建嘉峪关城楼的时候，人们请来了一个能掐会算的工匠，名叫易开占。他精通计算之法，据说不管多大规模的建筑，只要经过他的计算，不论用工还是用料，都会十分节省。

负责修建嘉峪关的监事官却并不相信易开占。易开占信心满满地说：“我可以夸个海口，经过我的计算，修城墙的城砖绝对不会多出去一块。”监事官恶毒地嘲讽他：“若多一块或少一块，就砍掉你的头。”

城楼完工后，监事官核查用料，发现城砖多出来一块。他十分得意，当即命令军士把易开占拖出去。易开占不慌不忙地说：“此砖为定城砖，乃神灵所置，若擅自移动，城关必将坍塌。”监事官有所顾忌，只好下令不再追究此事。现在这块砖依然放在西瓮城门楼后的檐台上，谁也不敢挪动。

击石燕鸣

在嘉峪关柔远楼与城墙衔接的拐角处,有一块“燕鸣壁”。人手持两石相击,会传来“啾啾”的鸟叫声。这声音悦耳动听,好像春日燕鸣,让人觉得妙趣横生。关于燕鸣壁，还有一段有趣的故事。

很久很久以前，有两只燕子在嘉峪关筑巢。它们早出晚归，形影不离。有一天，它们飞出关外觅食，直到夜幕降临的时候才双双返回。一只飞得快一些，赶在城门关闭之前回来了，另一只却被关在了城门之外。它惊慌失措，在城外乱飞乱撞，最后触墙而死。它的魂灵思念伴侣，便融入了城墙内，时常发出“啾啾”的呼唤之声。

高楼从顶起

俗话说："合抱之木起于毫末，九层之台始于基土。"可是嘉峪关城上的高大楼阁却是从楼顶往下建的。

那是明朝时，嘉峪关上要盖三座三层高楼，而且限期一年完工。这么高大的建筑，这么短的时间，无论如何是完不成的。工匠们请求官府宽限时日，而负责工程的大将军冯胜却拒绝了，并声明：不能如期完工，所有人都要下大狱。工匠们哀声一片，这可不是什么好干的活儿啊！

这天早上，工匠们正在冥思苦想建造之法，看到有几个孩子在工地上玩沙子。其中一个孩子高兴地喊道："看！我的城楼修成了。"工匠们一听"修成了"，都不由自主地围过去看。只见地上有一个用沙子堆成的城楼，惟妙惟肖，而且屹立不倒。工匠们好奇地问："你是怎么堆出来的？"那孩子说："这太容易了！"说着，男孩便一步一步演示起来。他首先在沙堆上一边洒水使劲拍，等水渗下去后，就小心翼翼地扒开多余的沙子，剩下一个城楼的形状，接着又仔细地修整，一座城楼很快就修成了。工匠们若有所思，若是事先把土堆好，再从上往下修，那么将会极好地节省人工和施工辅料，时间也会节省一半。

于是，工匠们先在楼台之上堆起十多米高的土堆，夯实后才开始施工。最先盖楼顶，然后竖立三楼的立柱。三楼建成后，把土刨掉，再建第二层，最后修建底层。这样修建的城楼非常坚固，虽经过数百年的风雨侵蚀，至今仍巍然挺立。

山羊驮砖

明代正德年间，嘉峪关城楼开始修建。城楼高 9 米，而且有若干座楼阁和许多垛墙，用砖数量大得惊人。城砖全部是从别处烧制的，烧好以后拉到工地上。由于缺乏吊运的设备，城砖只能由人力往上背运。

尽管派了许多人背砖，砖仍然供不应求，工程进度受到了严重影响。有一天，一个放羊的孩子来到这里玩，看到背砖的人们累得直喘粗气，挥汗如雨，忍不住说道："你们为什么不用马来拉砖呢？"一个工人瞪了他一眼，说："如果马上得去，还用人背吗？小孩子真是天真啊！"这个孩子不服气："马上不去，难道羊也上不去吗？"说着便解下腰带，两头各捆上一块砖，搭在羊身上，然后拍了拍羊背，羊很轻巧地将这两块砖驮到又高又陡的城墙上。人们大喜过望，纷纷效仿借用这个孩子的羊。一群羊，一会儿的工夫就把大量的城砖驮了上去，工程进度立马加快了不少。大家都夸这个孩子聪明。

李陵碑

在嘉峪关新城镇泥沟村西北的新城草湖东缘，南距泥沟村 3 公里处，有一个圆形的“海子”。它面积不大，但是中央却有一个“小洲”。“小洲”上有一个土夯的墩台，当地人把它称为“李陵碑”。此“碑”历经几百年的风蚀水浸，已经变得上大下小，但不论风雨阴晴，经年累月依然伫立着。于是便有一些故事慢慢地流传下来。其中一则是这样说的。

据说汉武帝曾拜李陵为骑都尉，由肃州北出居延海抗击匈奴。李陵的将士勇敢善战，大获全胜，班师回朝时路过酒泉，见新城一带水草茂密，是屯兵休息的好地方，便下令大军在此驻扎。

打了胜仗，李陵得意不已，一个军士趁机献媚道：“将军这么大的功劳，为什么不勒石立碑，传于后人？”李陵觉得言之有理，便命人即刻准备，为自己立碑。

将士们轮班运土填湖，构筑墩台，终于在湖中心夯筑了一座黄土墩台。李陵酒后乘兴，提笔亲书了“誉满边关”四个大字，然后刻字勒石，屹立于墩台之上。

匈奴得知李陵整日纵酒狂歌，疏于防范，便趁机发动了攻击。李陵仓促应战，全军覆没，自己也被匈奴俘虏。

汉武帝闻知此事大怒，将李陵家满门抄斩。那块刚刚刻成的“誉满边关”

的石碑，成为一个巨大的讽刺，人们路过时纷纷对着它指指点点。天长日久，石碑也变得歪斜了，碑上的文字也消失不见了。但这块歪斜的石碑，无论人怎样用力去推，它都只是晃一晃，然后继续维持着自己歪斜的样子。人们一看到它，就会想到李陵的沉痛教训。

居延海

居延海是我国有名的内陆湖，曾为河西水系第一大湖。据说从盘古开天地的时候起就有了它。很久以前，这里是一片很大的水域，名叫流沙。后来发生了很多变化，沧海桑田，居延海被戈壁流沙隔成了三个海子，东边的叫作居延泽；西边的叫作西居延海；中间的一个，当地蒙古族群众称为“索果淖尔”（东居延海），意思是“母鹿的湖泊”。

关于居延海，民间留下不少美丽的传说。

传说在很久以前，王母娘娘途经此地，临空下望，发现黄沙弥漫，了无生气，心头不喜。她广袖轻舒，玉唇微启，向下界吹了一口仙气，只见一片湖泊瞬间出现在沙海之中，仿若一块蓝宝石，闪着冷冷的光。王母娘娘非常满意，经常带领仙女们来这里游玩。王母娘娘还命令花仙在湖畔广植花草。有一年，王母娘娘在这里设宴，款待各路神仙，却唯独忘记了花仙。花仙被激怒了，放出自己的坐骑神鹿下凡，搅乱了王母的宴会。神仙们纷纷做法，想要捉住神鹿。神鹿自知不敌，便跳入湖内，以求生路。王母娘娘怒不可遏，立即拔下一枚发簪，朝着湖划了几道，一整块湖泊顿时分成了三部分。神鹿身负重伤，流下的鲜血滴入西居延海，那里的水立即变得苦涩。但它不愿意束手就擒，拼尽最后的力气化作一阵清风消失了。王母怒气难平，将两块大石头点化成两头牛神，永久地镇守居延海。人们至今能够看到黄沙中若隐若现的石牛。

黑城子

在内蒙古额济纳旗达赖库布东南 35 公里的鄂木讷河东岸，有一座建于西夏时期的军事重镇——黑城子，蒙古语为“哈日浩特”。“黑城”距离古居延海不远，现存城墙高达 9 米，周围约 2 公里，总面积 18.05 万平方米。东西两面开设城门。据说，它是丝绸之路上现存最完整的一座古城，官署、街道、民居等建筑遗址随处可见，还有一口古井，至今还能打出清洌甘甜的水来。来此的游客，行至距古城 5 公里处就能望见高耸在古城西北角上的那座著名的覆钵式白塔，向人们讲述着七百年来的神秘故事。

相传，曾经有位名叫哈日巴特尔（黑英雄）的蒙古族将军镇守在这里，人们便称哈日巴特尔为黑将军，此城也被称为黑城。

黑将军骁勇善战，爱民如子，还注重发展生产，让百姓安居乐业，所以深受人们的爱戴。

若干年后，明军攻城，黑将军率领全城的百姓殊死抵抗，誓不投降。狡猾的明军将黑城子层层包围，并截断了水源，黑将军不得不依靠城里唯一的一口井维持全城百姓的生命。人多水少，眼看着井水一天天干涸下去，黑将军和全城的百姓都有了必死之心。他们把所有能搜集到的珍宝全部集中起来，投入这口井里，又将井口填实，最后一把大火，烧毁了城里的一切。

明军入城的时候，看到满目疮痍，烟雾四起，到处都是尸体，却连一点值钱的东西都没有找到。黑城子经过战火的重创，水源枯竭，终于沦为一片废墟。

1886 年，俄国学者波塔宁在额济纳考察时发现了黑城子。1908 年 4 月，俄国探险家科兹洛夫在这里掘得大量西夏文物，其中包括珍贵的汉文、西夏文对照的《番汉合时掌中珠》及《音同》《文海》等古籍，这一重大的考古发现和掠夺行径轰动考古界和史学界，由此而诞生了国际性的“西夏学”。

现在，黑城子面临着被沙漠吞噬的危险，而城里是否还埋藏有珍宝却仍是一个未解之谜。

额济纳的传说

额济纳旗居住着许多蒙古族同胞，据说他们的祖先是土尔扈特部的阿喇布珠尔。

传说，阿喇布珠尔是土尔扈特部诺彦的小儿子。他出生时，两手各握一团血块。诺彦认为这是不祥之兆，准备把他抛弃在荒野。他的母亲于心不忍，便劝诺彦，希望等孩子长到十八岁的时候，再进行流放。诺彦也动了恻隐之心，便同意了。

十八年后，阿喇布珠尔长成了一个精壮的小伙子。他坦然接受了自己将被流放的事实，只是放心不下年老的父母。诺彦也舍不得儿子，便问他："你要走了，想带些什么呢？只要你愿意，带什么都可以。"阿喇布珠尔含泪说："我什么都不带，只希望父母安康。"于是，诺彦给了他若干随从，然后挥泪送别了儿子。

阿喇布珠尔带着随从逐水草而居，最后走到一处无主的草原。那里水草丰美、两河环绕，非常适合生活。阿喇布珠尔非常高兴，当即将这里命名为额济纳高勒，意思是有主之河。后来，这个名字简化成了额济纳。

夜梦桥湾

出嘉峪关，沿 312 国道向西行一百多公里，有一座坐落在疏勒河北岸的古城堡遗址。它东连嘉峪关，南临祁连山，北通内蒙古，西达新疆，自古以来就是联通东西，贯通南北的交通要道。它就是著名的“梦城”——桥湾城。

相传，康熙皇帝曾经做了一个梦，梦里有一座金碧辉煌的宫殿，建在一片美丽非凡的绿洲之上。宫殿旁边有一条清凌凌的河流，弯弯绕绕。河上有一座桥，河岸两旁长着几棵参天的观音柳。那些柳树枝繁叶茂，直通天庭。枝条上挂着蟒袍玉带，闪着金灿灿的光芒，非常有皇家贵气。

一觉醒来，康熙帝神清气爽，觉得梦中所见一定有所预示，是上天指令自己去那里巡幸，于是，康熙便命令宫廷画师把他梦中所见的那个地方画了下来，并派遣大臣在全国寻找。

大臣们一看图中所示，蜂拥去江南寻找，只有一位大臣背道而驰，拿着画去了遥远的西北边陲。结果，去了南方的大臣们一无所获，灰溜溜地回来了，只有去了西北的大臣闷着头，执着地到处寻找。有一天，他来到了一个叫作“桥湾”的地方。当地的百姓干完了活计，把草帽和腰带挂在柳树枝上晾晒。大臣越看越觉得眼熟，皱着眉头思索着。这时候，他手边那幅画被风吹开了。大臣定睛一看，眼珠子差点掉了出来：这不正是康熙爷梦里的地方吗?

大臣兴奋异常，立即快马加鞭，将发现“梦城”的消息上报朝廷。康熙龙颜大悦，当即拨了一笔巨款，派大臣程金山父子坐镇桥湾，修建行宫。

程金山父子受命来到西北。他们想，这里天高皇帝远，康熙也不过是一时高兴，才想在这里修建行宫。至于真的来此巡幸，那是根本不可能的事。所以他们大着胆子，将原计划方圆十里三的行宫修建成了方圆三里三，并将剩余的大量银钱全部装进了自己的腰包。回京复命后，康熙误信了他们的谎言，还嘉奖了他们。

过了一段时间，钦差大臣代替皇帝西巡，专程到了桥湾，发现实际情况和程金山父子所奏严重不符。欺君罔上，兹事体大，钦差只得将此情况上奏康熙。康熙龙颜大怒，下旨彻查程金山父子贪污一事。由于案情清晰，案犯明确，康熙便下旨处死了程金山父子，并将他们的头和皮肤制成人皮鼓、人头碗，悬挂于城西北的皇家寺院永宁寺的殿堂内，早晚敲击，以警后世。

如今的桥湾，城郭尚在，但宫阙建筑却踪迹全无。流沙掩地，一片凄凉。倒是那流传几百年的“严惩贪官”的传说，久久地在桥湾上空回荡。

锁阳城

瓜州县城东南约70公里的戈壁滩上，有一座高约9米，占地面积二十多万平方米的古城遗址。它原名苦峪城，始建于汉，兴于唐，可能是唐代瓜州的治所晋昌县城所在。其他各代都不同程度地重修和利用过，形制保存了典型的唐代古城风格。苦峪城为什么改名锁阳城呢？有这样一个传说。

相传唐代名将薛仁贵率兵征西，在苦峪城中了埋伏，被哈密国元帅苏宝同围在城中。唐军虽然多次突围，但均告失败，只能固守苦峪城。一天天过去了，城中的粮草越来越少。不得已，薛仁贵只得命令将士们节衣缩食，并亲自带人挖野菜充饥，以待援兵。有一天，一个士兵在城周围的田地里找到一种像萝卜一样的植物，吃起来似乎还不错，人也有了精神。薛仁贵不放心，又去询问当地的乡民。一位老者说："这是锁阳，是一种中药，有补气益血的功效。苦峪城到处都是这个东西。"薛仁贵很高兴，命令将士们停止采挖野菜，改挖锁阳。于是，将士们一直以锁阳充饥，并最终坚持到程咬金的救兵到来。薛仁贵感叹道："锁阳真乃唐军之粮啊！"然后就把苦峪城改为锁阳城。

锁阳城具有中国保存最为完好的古代军事防御系统和古代农田水利灌溉系统，周边分布的古墓葬东西绵延数十公里，现已查明的汉、唐、魏、晋时期古墓葬四千余座，是河西地区规模最大、最为集中、最为丰富的古墓区之一。它的发现，对于研究中国隋唐时期的军事、农业、城市形制以及当地的生态演化等方面，具有重要意义。

象牙佛的故事

大约是在清雍正四年前后，榆林窟的道士吴根栋在清理榆林窟某一个洞窟的积沙时，在角落里发现了一尊象牙佛。此佛为一块象牙分成两片雕琢而成，高 15.9 厘米，上宽 11.4 厘米，下宽 14.3 厘米，厚 3.5 五厘米。内刻 54 个不同情节的佛传图，共有 279 人，12 辆车马，形态各异，栩栩如生。两片合在一起是骑象普贤像，手捧宝塔，袒胸赤足，头发呈波纹状，庄严肃穆。有人说，这是唐玄奘取经归来时留下的佛像。

一个名不见经传的石窟却供奉着稀世珍宝，一时间，慕名前来参拜的信徒香客络绎不绝。

清朝末年，象牙佛传到了杨元道长的手上。此时的清朝风雨飘摇，西北边陲土匪横行。他们来到榆林窟，逼迫杨元道长交出象牙佛。道长为保护象牙佛，被土匪残忍杀害。他死后，弟子严教荣继任住持，但象牙佛却下落不明。

后来，严教荣多方打听，终于得知师兄李教宽在土匪到来之前带着象牙佛逃往金塔避难。

1905 年，流落他乡四十多年的象牙佛回到了榆林窟。经历了这场劫难，严教荣把象牙佛悄悄藏在了一个隐秘之所，日夜守护。几年后，榆林窟再遭洗劫，严教荣为保护象牙佛，被土匪残忍杀害，象牙佛再一次下落不明。

1927 年，一个名叫郭元亨的青年在当时的安西县（今瓜州县）踏实乡出家当了道士。有一天，师父马荣贵告诉郭元亨一个秘密：榆林窟有一尊象牙佛，是历代长老传下来的圣物，就藏在大殿的龙口中。除非到了太平盛世，象牙佛决不能轻易出世。

1930 年，马荣贵道长外出化缘遭遇土匪，土匪逼他交出象牙佛，马荣贵跳崖自尽。

抗日战争时，郭元亨因为拒不说出象牙佛的下落，被土匪折磨得奄奄一息。他的朋友梁克仁坚持用土方子治好了他的伤。

1941 年 5 月，国画大师张大千前往敦煌。在榆林窟临摹壁画期间，张大千曾向郭元亨问起过象牙佛，郭元亨一直推说不知。

1949 年 9 月，安西解放，郭元亨看到盼望已久的太平盛世终于来了，于是让象牙佛重新出现在世人面前。

避尘珠

瓜州县城西南约70公里的踏实河两岸，是有名的榆林窟，又名万佛峡。它开凿于北魏，现存四十一个洞窟和大量的壁画、泥塑佛像。

榆林窟有一尊金光闪闪的三眼大佛，高二十多米，额上镶着一颗发亮的珠子，人们称它为避尘珠。说起这颗避尘珠，还有一个有趣的故事。

据说当年修建这座佛像的时候，供养人（出钱修佛的人）做了一个梦，梦见大佛对他说，此地沙尘肆虐，希望能在佛像上多添一只活物的眼睛，这样就能消除风沙灾害，保得一方平安。这可把人给难住了。到哪里去找活物的眼睛呢？修建佛像的工匠愁得好几天寝食难安。

他走到山坡上，看见一头牛卧在那里，牛的眼睛圆溜溜的。他跑过去问牛："你的眼睛能借给我用用吗？"牛摇了摇头："我的眼睛要用来看路，不能借给你。"他又往前走，看见一只山羊正在吃草，羊的眼睛水汪汪的。他问山羊："你的眼睛能借给我用用吗？"山羊摇了摇头："我的眼睛还要用来看路，不能借给你。"他又碰到一峰骆驼，发现骆驼的眼睫毛长长的，漂亮极了。他问骆驼："你能借给我一只眼睛用用吗？"骆驼摇了摇头，说："我要用眼睛看路，不能给你。"工匠问了很多动物，却都被拒绝了。无奈之下，他来到小河边，想要洗洗脸，休息一下。水面倒映出他的影子，他忽然间开了窍：我不是也有眼睛吗？如果实在找不到其他活物的眼睛，那就把我的眼睛安在大佛头上。

第二天，这个工匠就把自己的一只眼睛挖了出来。三只眼的佛像建成了，洞窟里瞬间溢满了柔和的光芒。风小了，沙尘没有了，四周渐渐安静下来。

工匠觉得非常欣慰，想到河边洗一洗自己脸上的血污。这时，一只张开的老蚌游到他的面前，捧起一颗明亮的珍珠。那珠子一下飞进了工匠的眼窝里，他的眼睛顿时恢复了光明。

双 塔

瓜州县东南有一座乱山子。它本来是南北走向的，但在瓜州却拐了一个弯，形成一道豁口，一条小溪从中流出。豁口两面的峭壁上各有一座宝塔，这就是瓜州双塔。

相传，当年乱山子拐了弯。挡住了河流，土地干旱，百姓们没法种地，都一筹莫展。这一年，一个又黑又胖的云游和尚到了这里，对百姓们说：“乱山子有一条黑龙，只要大家愿意修一座黑龙庙，年年朝拜，岁岁上贡，黑龙会出来帮忙的。”

大家觉得黑胖和尚的话很有道理，便在山下修了一座黑龙庙，塑了黑龙的金身，年年朝拜，岁岁上贡。但是好多年过去了，黑龙受了不少香火，却从来没有出来帮忙。大家心里都犯起了嘀咕，便忍不住在黑龙像前抱怨起来。只听得一声炸响，黑龙像不见了，只见一条粗壮的黑龙出现在空中。它飞到乱山子跟前，甩了一尾巴，乱山子瞬间出现一个豁口，清澈的溪水从豁口里流出来，大家都欢呼起来。

但是这个豁口天天在往一起合拢，眼看着溪流越来越小，灌溉又成了问题，百姓们只好又去找那个黑胖和尚想办法。和尚说：“这样吧。你们在豁口两边的峭壁上各修建一座宝塔，乱山子就被镇住了，再也不会移动了。”于是，百姓们便依照和尚所说，在豁口两边修了两座塔，乱山子果然不再动了，双塔的地名也由此而来。

白马塔

白马塔坐落在敦煌市沙州古城东隅，始建于后秦。塔身九层，高 12 米，直径 7 米，以土坯砌成，中有立柱。塔造型别致，相传是西域高僧鸠摩罗什为自己的坐骑白马修筑的。

相传前秦建元十八年（382）九月，皇帝苻坚令骁骑将军吕光和陵江将军姜飞，率七万军马西伐龟兹，并嘱咐："听说有个叫作鸠摩罗什的高僧，我很想见一见。"吕光率军于 384 年攻破龟兹，并征服西域三十余国后，请高僧鸠摩罗什东去长安传播佛教。当行至敦煌时，鸠摩罗什的坐骑白马忽然一病不起，几天不吃不喝，鸠摩罗什非常担忧。这天夜里，他做了一个梦，梦见白马对他说："我本是上界的龙驹天骝，受佛祖之命，驮你东去传播佛教。入关之前，道路险阻，我伴你一路同行。再往前便是阳关大道，我就不能再陪伴你了。敦煌是我的涅槃之地，你不要悲伤，前途珍重。"鸠摩罗什心中难过，一把抓住马尾巴，说："你我一同经历了这么多艰难险阻。现在你要离我而去，我心中实在是舍不得你。"白马说："你再往东走，将会有新的坐骑。我们就此别过吧。"说完就化作五色霞光不见了。鸠摩罗什从梦中惊醒，发现白马已经死去了。他强忍悲痛，将白马下葬，并修塔纪念，取名"白马塔"。

相传每年农历七月二十四，白马下葬的这一天，人们还能听到白马的长嘶。

玉门关

玉门关原名小方盘城，位于敦煌市西北的戈壁上，建于汉武帝时期，也是古代我国通往西域的重要交通要道，从西域输入的和阗玉石就从此入关。说到玉门关，还有一个有趣的传说。

古时候，小方盘城附近有个名叫“马迷途”的驿站，地形条件十分复杂，时有风沙，所以商队经过这里时，总要打起十二分的精神，以免迷失方向。然而，一旦遇到风沙雨雪，就连经常往返于此的马也会晕头转向。

有一次，一个专门运送玉石的商队在“马迷途”迷路了。狂风卷着沙尘一阵一阵袭来，人们紧紧地抓住地上的石头和草，不敢起身。这时，一个年轻的商人忽然听见旁边有哀哀的鸟鸣声。那声音凄凄切切，让人心疼。商人忍不住向周围张望，发现草丛里有一只孤雁。它的翅膀被乱草缠住了。商人生了恻隐之心，冒险伸手，将大雁从草丛中救了出来。

不知过了多久，风沙渐渐停了，但是沙丘移动了位置，人们依然迷失其中。这时，这只大雁向商人点了点头，然后飞上了半空，接着又落下来，又向商人点了点头。商人有些疑惑，觉得大雁是在向自己示意着什么，但又不明就里。大雁似乎有些着急，又一次飞上天空，然后落在商人的肩膀上，蹭了蹭他的脸颊。商人心有所悟，知道大雁是在向他们指路，于是建议商队跟着大雁走。大雁果然没有让人们失望，走了一个时辰，商队就走出了“马迷途”，顺利到达

了小方盘城。

几个月之后，这只商队又来到“马迷途”，并再一次迷失了方向。大雁又落在了年轻商人的肩头，并忽然口吐人言：“要想顺利通过这里，必须在小方盘城楼上镶上一块墨玉。这种玉石会自己发光，你们以后再来小方盘城就不会迷路了。”大家都不相信，因为墨玉非常昂贵，而且要镶嵌在城楼上，一定要是一块大玉。这样的代价太大了,很不合算。于是,大雁的建议被人们抛之脑后。

又过了几个月，商队又在“马迷途”迷了路，且数天找不到水源，生命危在旦夕。人们非常后悔，如果当初不要吝啬那些银钱，今日就不会有此一劫，并纷纷祈求上苍，让那只救命的大雁快点出现。

大雁听到人们的忏悔，很快就飞来了，把商队带离了险境。大家马上挑了一块上好的墨玉，镶在城楼之上，每当夜幕降临或者风沙肆虐之时，这块玉便发出光芒，好像灯塔一样替人们指引方向，“马迷途”也不再是一块让人望而生畏的地方了。

后来的人就把这个镶嵌了玉石的小方盘城称作玉门。

鸣沙山的故事

人们来到敦煌，一定会去著名的鸣沙山、月牙泉，据说大风刮过的时候，鸣沙山会发出人喊马嘶、鼓角齐鸣、震耳欲聋的声音，而沙子却从来不会把近在咫尺的月牙泉埋没。如果你捧起沙子细看，会发现沙粒有红、黄、绿、白、黑五种颜色。关于鸣沙山，还有一个悲壮的传说。

相传很久以前，鸣沙山郁郁葱葱，林木茂盛，鸟鸣花开，景色宜人。有一个年轻的将军奉命向西征讨西域三十六国。行至此处，人困马乏，又见附近气候宜人，水草丰茂，便命令大军驻扎于此，休整一段时日。

军士们行走数日，穿行于戈壁荒滩，疲倦非常，脱去铠甲之后，很快便睡去了，就连哨兵也打起了盹儿。谁也没有料到，一场大祸悄然而至。

敌军的前锋巡查到此，意外地发现了沉浸在睡梦中的营寨，并迅速集结力量发动突袭。将军惊醒了，立即组织反抗，可是以疲劳之师仓促应对如狼似虎的敌人，将军渐渐感到力不从心。

一番激战从黑夜打到了白天，敌军被全部歼灭了，将军的部队也损失惨重。将军清点人马，发现数万大军仅剩下几十人，而且各个身负重伤。将军深感罪责深重，遂拔剑自刎。那些幸存的军士们无力修建如此庞大的墓葬，只能以大地为棺，以苍天为椁，以黄沙和绿草为衣，薄葬了将军和所有的战友。一时间乌云遍野，松林呜咽。

当天夜里，狂风骤起，飞沙铺天盖地，凌空而降，将所有的尸体连同这战场一起埋葬了。郁郁葱葱的山也不见了，沙粒堆积而起，形成一座百米高、数十里长的沙山。那些沙子分为五色，晶莹剔透，极像将士们的五色铠甲。据说那些被葬在沙山中的将士英灵不散，每到风沙四起之时，就会唤起他们葬身敌手的彻骨之殇，然后便拔剑执戟，金鼓齐鸣，想要报当年的血海深仇。至今保存在鸣沙山一带的许多古墓群，人们习惯地称它们为“七十二座连营寨”。

窟窿山

在离敦煌市 70 公里的地方，肃北蒙古族自治县的鱼儿红乡和玉门市旱峡煤矿交界之处,有一个叫作“窟窿山”的地方,也叫作“妖魔山”,据说很久以前，有两条蛇妖在这里出没。

那时候，这里是一片丰饶的土地，村村户户五谷丰登，六畜兴旺。人们认为是菩萨保佑，便在附近的山上修建了一座庙宇，日日香火不断。

过了好多年，有两个樵夫上山砍柴，发现非常熟悉的山上突然多了一个窟窿。那窟窿深不可测，时不时地有云雾飘出来。两个樵夫不敢靠近，远远地观望。望了一会儿，他们发现远处来了两个白衣男子，扭扭搭搭地飘入了窟窿里，很久都没有上来。

不久，山上有白衣神仙的事儿就传遍了周围的十里八乡，那些上山拜了菩萨的香客们，都会去山上的窟窿旁边转上一圈，希望能够一睹神仙的容颜。有几个大胆的人，按捺不住，居然走进了窟窿里，之后就再也没有回来。于是就有传言说他们成了仙，走到蓬莱仙山去了。

慢慢地，失踪的人越来越多，大家感觉到有些疑惑，并暗暗地感到了担心。

有一天，一对小姐弟来到庙里哭诉：“我们的父母亲都到山上的窟窿里去了，村里人说他们成了仙。但是仙人难道就没有心了吗？为什么不回来看看我们啊？”他们伤心的泪水打湿了地面，那尊佛像的眼眶里也流下了不易察觉到的泪水。

第二天，这地方来了一老一小两个和尚，径直向山上的窟窿走去。老和尚手中握着一把金灿灿的禅杖，小和尚胸前挂着一串洁白如玉的佛珠。

两个和尚来到窟窿旁边，那窟窿里忽然刮起了狂风，腥臭味道一阵阵涌出来，让人作呕，围观的人们纷纷后退。老和尚将禅杖插在地上，结跏趺坐，小和尚双手合十，静立一旁。这时，窟窿里噼噼啪啪地射出一大堆白花花的东西，两条银白的长蛇趁势而出，翻卷着浓黑的乌云，向西方窜去。小和尚大喝一声，将胸前的佛珠抛出，佛珠瞬间化作粗长的绳索，将两条大蛇牢牢地缚住。老和尚的禅杖冲天而起，幻化作一柄金色的利剑，将两条大蛇斩成七段。两个和尚收了神通，对围观的人们微微一笑就不动了。

惊魂未定的人们试探着走上前去，发现斩断的蛇身周围散落着大量的白色人骨，正是那些已经“成仙”的人。而那一老一少两个和尚已经化作泥塑，模样像极了庙里供奉的菩萨。

百姓们为了纪念这两个和尚降妖利民的功劳，就把这地方称作庙湾。

鲁班巧留窗

敦煌唯一的道教建筑名叫西云观，位于敦煌市西郊，与三危山的王母楼、老君堂遥相对峙，和月牙泉古庙群鼎足而立。观内有殿宇七座，错落有致，壮丽雄伟。据说这座道观还与鲁班有着不解之缘。

清雍正年间，政府开始重视敦煌的发展，先后有两千四百多户移民来此垦荒种地，安家落户，并大兴土木，修建城池，西云观就在规划之中。

据说，西云观自春暖花开时开始动工。在炎热的夏季，每天中午都会从西边的天空飘来几朵白云为工匠们遮阳。人们都说，白云绕空，必有祥瑞，故而将这座道观命名为“西云观”。

暑往寒来，西云观的主体工程差不多结束了，只有正殿大门正中那二尺来宽、二尺来高的地方还空着。工匠们七嘴八舌地建议着，有的说应该画上山水，有的说应该雕刻天尊，还有的说应该挂上名家书法，一时间众说纷纭，无法定夺。有人建议先歇一会儿再议，于是大家伙儿点起火堆，烧茶烤火。

这时，火堆旁坐下一个须发皓白的老者。大家以为是路过取暖的，便纷纷热情地招呼他喝茶。老人也不推辞，一边喝茶，一边听大家说话。听了一会儿，老人站起身来，到木柴堆里翻腾。大家说：“那些都是废料，没有用的。你要是想拿去烧火，要多少有多少。如果你要找好木料，那里可没有。”老人也不搭话，选了几块木料就蹲在一边比画起来。大家见老人总是不吭声，慢慢地就没有人理睬他了。

喝完了茶，烤完了火，大家又重新上工了。这时候，有人发现正殿大门正中那块空白竟然已经被补上了。那是一个小巧玲珑、精巧别致的崭新的窗扇，嵌在这个空白处竟然严丝合缝，就好像长在这里一般。

大家仔细查看，发现全窗共二十五格，每个格都是用两三寸长的小木条纵横交叉榫接而成。这是谁做的呢？没有人知道。这时，有个工匠想起了那个白发老人，赶紧回去寻找，发现老人已经不知去向了。一个见多识广的老工匠若有所思："依我看，咱们是遇到祖师爷鲁班了。除了他，没有人能做这么精巧的活儿了。他这也是想告诫我们，不要浪费，要物尽其用啊！"

从此以后，"鲁班窗"的故事就传开了。至今，这个巧夺天工的窗扇仍然完整地保存在敦煌博物馆里。

观音井

三危山中有一处圣境，名叫观音井，井旁有一座庙宇，供奉着观音菩萨。这里香火不断，井水甘甜，虽然历经了千百年沧桑，但井水依然不枯不涸，清爽宜人。

据说，某日观音菩萨从西天瑶池赴蟠桃会回来，驾云路过三危山。因为酒后微醺，手中的玉净瓶没有拿稳，瓶子里的甘露洒出来几滴。观音一惊，马上降下云头查看，发现此处佛教盛行，钟鼓之声在绿树丛中萦绕不绝，和尚敲着木鱼琅琅诵经，香客们虔诚地顶礼膜拜。观音心想，这样的地方也应该得到甘露的滋润，索性又用杨柳枝从瓶中蘸取一滴，落在三危山中。那甘露缓缓而降，把坚硬的岩石砸出一个洞，清冽的泉水汩汩而出，变成一口水井。

人们知道这是观音显灵，就在水井旁边修了一座观音庙。

抽刀刺石贰师泉

敦煌东连河西走廊，西接葱岭西域。自汉武帝元鼎六年（前111）建郡立县以来，移民屯田，筑城设障，成为当时扼控东西交通的咽喉要地。但敦煌地处内陆，干旱缺水，当地民众有祈求“天沐膏雨，地涌甘泉”的习俗。

在今敦煌市东约70公里的三危山脉中部，有一个悬泉谷。初入谷中，不见寸草，不见滴水，但是逐步深入，却能见到一片浓绿，更有一眼甘泉如飞瀑一般从石缝中倾泻下来。这眼泉名叫悬泉，又叫贰师泉。要知“贰师泉”的来历，就得从汉武帝时期的贰师将军李广利说起。

话说汉武帝酷爱宝马，听说西域大宛国贰师城有一种珍贵的汗血宝马，便诏令使者前去求取。谁想贰师城出现变故，派出去的使臣被杀。汉武帝大怒，封李广利为贰师将军，征讨大宛。

李广利率领将士们日夜兼程，向西挺进。一日行至三危山，由于天气炎热，水源短缺，行军速度极慢。李广利忧心忡忡，派遣了几个小分队外出找水。可是坏消息接二连三地传来，三危山不仅没有水，就连草都不长，就是一座荒山。李广利心急如焚，决定亲自带人出去找水。

他来到山谷之中，发现果然如士兵回报的一般寸草不生。他愤然用手掌猛击山体，仰望苍天欲哭无泪：“我大汉朝的威武雄师，难道就要葬身在这不知名的荒山干谷之中吗？”想着想着，不禁悲从中来，“刷”地拔出宝剑，向山崖上猛刺。一剑，两剑，三剑。手中的宝剑豁了口，李广利的虎口也震得有些发麻。他扔掉宝剑，抱着头，痛苦地蹲在地上。

忽然间，一阵窸窸窣窣的声音引起了他的注意。他回头一看，顿时惊得目瞪口呆。只见一股细细的水流从剑劈过的石缝中缓缓流出。李广利一个箭步冲上前去，掬起一捧水来放在唇边。那泉水清冽，在炎热的荒山戈壁中显得如此珍贵。

将士们养足精神，饮好马匹，一鼓作气踏上了征途。人们为了感谢李广利，便将这眼泉命名为“贰师泉”。

莫高窟的由来

鸣沙山东麓的崖壁上，布满了大大小小的石窟，石窟的四壁是与佛教有关的壁画和彩塑。千百个肃穆端庄的佛影，千百身飘舞灵动的飞天，令人心生无尽的赞叹与向往。这里便是世界最大的佛教艺术宝库——莫高窟。

莫高窟位于敦煌市东南 25 公里的鸣沙山东麓崖壁上，上下五层，南北长约 1.6 公里。它始凿于东晋太和元年（366），前后历经一千多年的开凿，形成一座内容丰富、规模宏大的石窟群。为什么在敦煌会有如此灿烂辉煌的石窟呢?这还得从一千六百多年前说起。

太和元年，有个名叫乐樽的和尚西游到沙洲（今敦煌）的三危山。夕阳的余晖将乐樽和尚身畔的山岩染成了鲜艳的红色。他双手合十，默念佛号。这时，一道耀眼的霞光闪现，乐樽和尚睁开了双眼。眼前的景象顿时让他惊呆了。只见三危山高耸的山峰发出道道金光，好像有无数的佛像在金光中结跏趺坐。乐樽和尚禁不住热泪盈眶，随即顶礼膜拜，并立誓在此修建庙宇，开凿石窟。

乐樽和尚信仰虔诚，他不辞劳苦地四处化缘募捐，并请来工匠，在这里凿下第一个石窟。从此，石窟的开凿历经十个朝代。从和尚到王公贵族，从官吏到普通百姓，善男信女们纷纷来此，布施不同功德。

据说“莫高”一词原为“漠高”，是说石窟都开凿在沙漠里较高的石壁上，后来才逐渐演化为“莫高”。

如今，莫高窟发现洞窟 492 个，壁画 4.5 万平方米，彩塑 2400 余身，飞天 4000 余身，唐宋木结构建筑 5 座，莲花柱石和铺地花砖数千块，被誉为“东方艺术明珠”。20 世纪初又发现了藏经洞（莫高窟第 17 窟），洞内藏有从 4 至 10 世纪的写经、文书和文物五六万件，引起国内外学者极大的关注，形成了著名的敦煌学。

哈密瓜的来历

说到新疆，人们首先想起来的就是香甜可口的特产——哈密瓜。

很久以前，在新疆东部生活着维吾尔族一个部落。一天，部落首领的妻子生下了一个男孩，他就是后来的部落王——库洪。

库洪在田地里巡视，无意中发现了一种结着果子的植物。那果子呈黄绿色，椭圆形，闻起来有一股奇异的甜香。他切开一个尝了尝，发现味道清甜可口，让人口舌生津。库洪收集了果实里的种子，仔细保存起来。第二年春天，库洪把那些种子种在地里。经过一番精心培育，终于获得了丰收。黄绿色的果实个大味甜，肉脆汁多，只是果皮布满了斑痕，不是很美观。库洪把果实分送给乡亲们吃后，大家赞不绝口，并学着库洪的样子播种、培育。又一个秋天到了，田野里四处飘散着浓郁的香味。大家载歌载舞，非常开心。为了让后人永远铭记库洪的发现，人们就把这种味甘如蜜的果实叫作“库洪”，也就是“哈密瓜”。

还有个传说，说“哈密瓜”一名是康熙皇帝取的。康熙三十七年（1698），清廷派理藩院郎中布尔赛来哈密编旗入籍。哈密王以甘甜可口的甜瓜热情款待，布尔赛大加赞赏，并建议哈密王把这种甜瓜向朝廷进贡。是年冬，哈密王入京朝觐，并献上了这种甜瓜。君臣共同品尝，个个赞不绝口。康熙问道：“这是何物？竟然如此特别。”哈密王答道：“这是哈密臣民所贡的果实，希望陛下圣体康健，福寿延年。”康熙大帝听后哈哈大笑，说：“哈密瓜深得朕心！”群臣山呼万岁，从此哈密瓜名扬四海。

罗布泊的传说

很久很久以前，有一个蒙古族青年，名叫罗布诺尔。他出生高贵，家世显赫。他本可以继承王位，却对政治毫无兴趣，一心想去龟兹学习歌舞。

一天，他走到了塔里木盆地的东部边缘，生了一场病，昏迷过去。等他醒来的时候，发现身旁坐着一个美丽的女孩。女孩名叫米兰，是风神的女儿。她发现了病弱的罗布诺尔，于是将他带回了家。

米兰姑娘天真可爱，与罗布诺尔一见钟情，难舍难分。风神发现女儿与凡人相爱，大发雷霆，怒气催动狂风，刮起的砂石打瞎了罗布诺尔的眼睛，打断了米兰的双腿，风神还不解气，又将他们分别吹到两个不同的荒漠上，让他们死生不复相见。

米兰思念罗布诺尔，终日哭泣不止，泪水滚滚，汇流成河，又变成一望无际的湖泽。后人遂将此地称为罗布泊。后来，有好心人给米兰姑娘传信，告诉他罗布诺尔已经死去的消息。米兰姑娘一瞬间白了头发，心神俱碎，倒在了湖中。湖水一夜之间干涸见底，只留下满地银沙。有人说，这些沙子就是米兰姑娘的白发所化。

消失的楼兰

新疆若羌县北境，罗布泊的西北角、孔雀河道南岸的 7 公里处，有一个神秘的古国遗址——楼兰。它是中国西部的一个古代小国，西南通且末、精绝、拘弥、于阗，北通车师，西北通焉耆，东通敦煌，扼丝绸之路的要冲。

楼兰的名称最早见于《史记》，《汉书·匈奴列传》也有关于楼兰的记载："鄯善国，本名楼兰，王治扜泥城，去阳关千六百里，去长安六千一百里。户千五百七十，口万四千一百。"但是公元 4 世纪以后，这座丝绸之路上的重镇却无声无息地消失了。关于它消失的原因，有着这样几个传说。

一说汉武帝曾派博望侯张骞出使大月氏，缔结攻守同盟，但是终告失败。此后，汉朝派遣大军讨伐大宛，又多次派遣使者出使西域各国。由于楼兰是汉朝军队和使者们的必经之路，而楼兰在与汉朝的屡次接触中产生了不满，以致杀戮使者。汉武帝派兵讨伐楼兰，楼兰不敌，表示臣服于汉朝。为了表示诚意，楼兰将一位王子送到汉朝为人质。同时，楼兰也往匈奴送去一名王子作为人质，表示在汉朝和匈奴之间保持中立。此后，楼兰又因某事招致汉朝军队的讨伐，楼兰王大惊失色，立刻打开城门谢罪。楼兰王去世后，国中大臣请留在汉朝做人质的王子回去继位，王子不去，让自己的弟弟继承了王位。但是这位新王也很快就去世了。匈奴趁机让在自己国家做人质的那位楼兰王子继承了王位。此后，楼兰与汉朝的关系恶化。汉昭帝最终派人暗杀了楼兰国王，又扶持新王继位。

但汉王朝势力衰弱后，楼兰也随之衰落，直至灭亡。

另一说，是一种可怕的“热窝子病”迅速席卷了楼兰。这是一种非常可怕的传染病，只要一家人里有一个人得病，那么全家人都会在短时间内死去。在灾难面前，楼兰人被迫逃亡了，一个喧嚣的国家几乎是在瞬间土崩瓦解。后来，一场又一场沙尘暴袭击了这座空城，并将它深埋在历史的尘埃中。

而据《水经注》记载，楼兰消失的原因在于缺水。东汉以后，由于河流改道、气候反常、乱砍滥伐等原因，楼兰开始严重缺水，最后整个国家因为缺水而消亡，成为新疆最荒凉的地区之一。

楼兰已经不复存在，但是那些悠久的历史、天方夜谭似的传说依然令人神往。

坎儿井

吐鲁番的坎儿井与万里长城、京杭大运河并称为中国古代三大工程。它大体上是由竖井、地下渠道、地面渠道和“涝坝”（小型蓄水池）四部分组成，能够引地下潜流灌溉农田，又不因炎热、狂风而使水分大量蒸发。这项发明，可能还要从古时候说起。

据说，很久以前有一个叫作迪坎的地方，周围是一望无际的大草原。一天，有一个牧羊娃把羊群赶到草场之后，自己却睡着了。羊群渐渐离开草场，沿着库木塔格沙山走进了戈壁。牧羊娃醒来一看，羊群不见了，顿时大惊失色。

他跟着羊群的蹄印一路追踪，又热又渴，实在走不动了。他将手中的牧羊鞭狠狠地插进地下，拔出来的时候，发现木棍上沾满了泥巴，而且插过牧羊鞭的那个孔眼里还涌出了水。牧羊娃用空心的草秆吸水喝，并且在这个地方做了标记。

找到羊群回家后，牧羊娃把当天发生的事情告诉了父亲，还特别提到了自己在戈壁上发现了水。第二天，父亲约了几个牧民，找到了儿子说的那个地方，发现果然有水，便挖了起来。他们越挖越深，水也越来越多，成了一条水渠。渐渐地，土层厚了起来，在地面上挖渠太费力了，牧人们又开始在地下横着挖起来。挖了一段后，人们又朝上挖，形成一眼井。就这样，足够的水流到地面上来了。

从那时起，迪坎一带出现了由一口口竖井连通的原始坎儿井。1845 年至 1877 年，在林则徐的推动下，吐鲁番、鄯善、托克逊新挖坎儿井三百多道。鄯善七克台乡现有六十多道坎儿井，多数是林则徐来吐鲁番后新开挖的。为了纪念林则徐推广坎儿井的功劳，当地群众又把坎儿井称之为“林公井”。

月光美人艾丁湖

在吐鲁番市南50公里的恰特卡勒乡境内,有一个名叫“艾丁湖”的咸水湖。它低于海平面155米，是中国海拔最低的地方，也是世界上除死海外离地球中心最近的地方。放眼望去，满目皆是银白晶莹的盐结晶体，形状酷似一轮明月。而在维吾尔语中，它的意思就是“月光湖”。

传说很久很久以前,这里是一片烟波浩渺的大湖。湖边绿杨垂柳,鲜花盛开;湖里鱼肥水美，芦苇茂盛。人们靠打鱼和耕种为生，日子过得美满而富足。

有一天，月亮女神阿依慕偶然经过这里。她风尘仆仆，步履匆匆，精致的妆容也被汗水弄花了。看到这里的湖面平整似镜，她便停下来梳洗了一番。

这时，附近的湖面上传来一阵嘹亮的歌声，一个小伙子摇着船桨，缓缓地靠岸。他的皮肤是健康的古铜色，饱满的肌肉显示出体魄的强健。他从船上搬下鱼篓，将鱼分送给附近的老人和儿童。大家围着他又唱又跳，那歌声裹挟着爽朗的笑声。夕阳将他的侧影涂上了一层淡淡的金色，那英俊的面容让阿依慕看得入迷。

以后,阿依慕经常来到湖边,看渔舟唱晚,看小伙子和人们分享自己的快乐。一次一次的“偶遇”，让这个叫卡吾力的小伙子注意到了美丽的阿依慕。两颗彼此倾慕的心就这样越靠越近。

然而，阿依慕与凡人相恋的消息被天帝知道了。天帝震怒，严令阿依慕斩断这段不该有的人神之恋。倔强的阿依慕不愿意，天帝便诏令天兵天将将卡吾力囚禁在湖水中央，任何人不得靠近。肉体凡胎的卡吾力经受不了天神的惩罚，很快就被折磨而死。阿依慕跪坐在湖边痛哭不止，眼泪一滴一滴落入湖中，将湖水变得和眼泪一样咸涩。

咸涩的湖水滋养不了生命，湖边的植物逐渐枯死，周围寸草不生。湖中的鱼儿也渐次死去，美丽的大湖死气沉沉。阿依慕哭干了泪水，哭哑了嗓子，耗尽了浑身的力气，终于昏倒在湖边。她的身体化作点点荧光随风飘散，最后只留下明月状的痕迹长留湖边。那痕迹莹润洁白，好似月光柔柔的闪亮。

火焰山的传说

吐鲁番最著名的景点莫过于火焰山了。它位于吐鲁番盆地的北缘，古丝绸之路北道，主要由中生代的侏罗纪、白垩纪和第三纪的赤红色砂、砾岩和泥岩组成，当地人称“克孜勒塔格”，意即“红山”。山长 100 多公里，最宽处达 10 公里，主峰海拔 831.7 米。每当盛夏，红日当空，赤褐色的山体在烈日照射下，砂岩灼灼闪光，炽热的气流翻滚上升，就像烈焰熊熊，非常震撼。关于火焰山，有两个著名的传说。

一说当年孙悟空大闹天宫，一脚蹬倒了太上老君炼丹的八卦炉，有几块火炭从天而降，恰好落在吐鲁番，形成了火焰山。后来唐僧师徒取经经过此处，孙悟空得知当年的无心之举竟然给当地百姓造成了巨大的灾祸，深感懊悔，便从铁扇公主那里借来了芭蕉扇，扇灭了大火，但山的颜色却无法改变了。火焰山顶上有一石柱，人称“拴马桩”，据说是唐僧当年拴马时用过的。

又有传说：天山深处有一只恶龙，专吃童男童女。哈拉和卓为民除害，在吐鲁番东北的七角井将恶龙斩杀。恶龙的鲜血染红了整座山，因此维吾尔人把这座山叫作红山，也就是我们现在所说的火焰山。

吐峪沟的传说

新疆鄯善县境内，东距吐鲁番市约 55 公里处，隐藏着一个鲜为人知的伊斯兰教圣地，有人称其为“东方的麦加”。这里就是吐峪沟麻扎。

传说公元 7 世纪初，古也门国传教士叶木乃哈等五人来到东方。他们历尽艰辛，在吐鲁番遇到了一个携犬的当地牧羊人，便结伴同行。他们来到火焰山南麓的吐峪沟，在一个石洞里潜心修行。三百年后，他们走出洞穴，不久又入洞修行，并终于成为圣人。这个洞至今仍在半山腰上，内有六座伊斯兰式土坟和一块犬状石头。

附近有一个村落，是已被命名为“中国历史文化名村”的吐峪沟麻扎村，是新疆现存的最古老的维吾尔族村落，已逾一千七百年历史。它完整地保留了古老的维吾尔族传统和民俗风情。人们居住在用黄黏土建造的房屋中，用古老的维吾尔语交际，穿着最具民族特色的服饰，走亲访友用驴车代步。他们的脸上洋溢着平静幸福的神情，他们与世无争。

鲁克沁与十二木卡姆

新疆鄯善县城西 45 公里有一个鲁克沁镇。它有着两千多年的历史，是吐鲁番郡王府遗址所在地，也是吐鲁番十二木卡姆艺术的发源地。早在汉武帝时，这里就已经人声鼎沸，热闹喧哗了。而十二木卡姆，则在公元前 2 世纪便已经开始流行。

十二木卡姆是维吾尔族的古典音乐，运用音乐、文学、舞蹈、戏剧等各种语言和艺术形式，表现了维吾尔族人民绚丽多彩的生活和高尚的情操，反映了他们的理想和追求以及当时的历史条件下所产生的喜怒哀乐，具有抒情性和叙事性相结合的特点。这种音乐形式在世界各民族的艺术史上独树一帜。关于十二木卡姆，还有一个古老的传说。

据说很久以前，鲁克沁住着一位吐鲁番王，他勇猛剽悍，崇尚习武，认为唱歌跳舞是浪费时间的无聊行为，于是下令严禁歌舞，违者重罚。就这样，鲁克沁的人民再也没有欢歌笑语，就连乐器也都被销毁了，整座城里除了练兵习武的喊杀声之外，只有风寂寞地吹过。

过了几年，有一天，王爷突然觉得浑身不舒服，头痛、心烦，吃饭不香，酒水不甜，就连宝剑都不想挥舞了。王爷觉得自己病了，就请来郎中诊治。可是郎中检查了半天，也没发现王爷有什么病，只得开了两副安神补心的药，让王爷吃。

又过了几天，王爷越发坐卧不宁起来，连觉都睡不着了。清晨，王爷坐在院子里闭目养神，忽然听见葡萄架上传来婉转动听的鸟鸣声。那声音清脆俏皮，活泼灵动，好像一股清泉流进了王爷的心，他不由自主地走到葡萄架下寻找起来。可是这一来，把鸟儿吓跑了。动听的鸟鸣没有了，王爷又无精打采的了。

傍晚时分，王爷依旧坐在葡萄架下发呆，浑身的肌肉都好像散了架一样酸软。他多想再听到清晨的鸟鸣啊！正在这时，一群鸟儿飞了过来，落在葡萄架上，你一声，我一声地鸣叫起来，一会儿像是闲聊，一会儿又像是吵嘴，叽叽喳喳非常有趣。王爷忍不住笑了起来。这一笑，鸟儿们又吓跑了，院子里又恢复了宁静。

第二天，王爷早早地就坐在葡萄架下等候，那只叫声动听的鸟儿果然来了。王爷没敢惊动它，静静地听着它唱歌。听着听着，王爷忍不住吹起口哨来了。王爷越吹越开心，竟然跳起舞来了。他的舞姿很像是舞剑，有些僵硬，有些不协调，但是他却停不下来了，甚至还哼唱起来，特别带劲儿。

前来伺候他的仆人看见了，惊得眼珠子都快蹦出来了。王爷竟然违反了自己下的禁令！这该如何是好。

舞了很久，哼唱了很久，王爷终于累了。他瘫坐在椅子上，微笑着睡着了。

第二天，王爷精神抖擞地召集了大臣们，说："我犯了一个错误。如果没有了音乐，没有了歌舞，生活还有什么意思呢？"

从此以后，鲁克沁大兴乐舞，重奖音乐能人。十二木卡姆便由此慢慢地形成了。

天山天池的传说

新疆阜康市境内，距乌鲁木齐市 97 公里的博格达峰北坡山腰上，有一片神奇的湖泊。湖面海拔 1910 米，南北长 3.5 公里，东西宽 0.8 至 1.5 公里。湖滨云杉环绕，雪峰辉映，风光如画。它叫天山天池，古称“瑶池”，据说是西王母开蟠桃会的地方。

当年西王母在瑶池宴请西游的周穆王，两人暗生情愫。西王母施法在天山变出了一个天池，每日取圣洁的雪山融水梳洗，用雪峰的夕阳做胭脂擦脸，为悦己者容。

西王母十分喜爱这个天池，把它作为自己的私有之物，别人连看一眼都不行，谁要是不小心闯入，就会受到西王母严厉的惩罚。

天池附近有一个榆树精，西王母占了这里之后，把它赶走了。榆树精舍不得离开，对西王母怀恨在心，时不时地在附近徘徊。西王母不喜，用一根金钗将榆树精定在天池边上，再也化不成人形。直到今天，那榆树精还在那里，成为天池八景之一。

后来天地倾斜，西水东流，西王母怕天池被毁，连忙把附近的一座山峰分成三份，成鼎足之势护住天池。几千年了，这三块大石头还屹立在天池边。西王母身边有个侍女，每日服侍西王母梳洗，却连天池的水都没有摸到过。有一日，侍女忍不住用西王母剩下的水洗了脸，发现皮肤白嫩光滑，容光焕发。侍女大喜，以后每日都偷用西王母剩下的水。她的变化很快就被西王母发现了。西王母怒极，一挥衣袖，将侍女变作伤人的野草，遍布天池周边，谁要是闯入了天池禁地，就会被这种草划破皮肤，鲜血直流。

从此，天池更加神秘了。

英雄玛纳斯

在丝绸之路新疆段，有一个叫玛纳斯的城，一个叫玛纳斯的湖以及一条叫玛纳斯的河。他们为什么都要以玛纳斯命名呢？这与柯尔克孜族传说中的著名英雄和首领玛纳斯有关。

很久以前，有一个勤劳勇敢的人，名叫加库甫。他非常喜欢孩子，无论是亲朋的孩子还是过路的儿童，他总是会对他们百般照拂。然而这样一个善良的人，年过半百却膝下荒凉。他做梦都想有一个属于自己的孩子。

可能是加库甫的虔诚打动了上天，他的妻子怀孕了。加库甫欣喜若狂，早早地准备好了一切，陪伴着妻子，安心地等待孩子的降生。可是日盼夜盼，妻子的肚子一天天地大了起来，孩子却不见有落地的迹象。

等了一天又一天，等了一个月又一个月，加库甫的妻子终于要生了！

经过痛苦的分娩与焦急的等待，一个健康漂亮的男孩儿降生了。加库甫喜极而泣，给孩子取名为玛纳斯。

玛纳斯年龄虽小，却聪明伶俐，不管学什么，总是一学就会。他还很善良，看到那些穷苦的人，总是忍不住落泪，还经常拿自己家的东西去接济穷人。久而久之，玛纳斯的大名就传开了，人们都盛赞他长大后一定是一个了不起的人。

然而加库甫的眉头却越来越不舒展了。他认为玛纳斯生来就不同寻常，现在的种种举动，也不是这个年龄的孩子应该有的表现。他怕这个不同寻常的孩子会带来什么灾祸。于是，他跟玛纳斯慎重地谈了一次之后，就让他离开了家。

就这样，玛纳斯开始流浪，很多地方都留下了他的足迹，也留下了他的种种英雄事迹。越来越多的人开始拥护他，热爱他，特别是那些穷苦的人，更是视他为好朋友、好兄弟。他打击强暴、保护穷人，为人们赢来了和平和自由。他的后代子孙也和他一样，坚持不懈地领导柯尔克孜族人民反抗异族统治者的掠夺和奴役，为争取自由和幸福而进行斗争。

人们用他的名字命名了一部两千万字的史诗，将一代代英雄的故事传扬下去。而“玛纳斯”也成为力量、勇敢和智慧的代名词。

塔克拉玛干沙漠的来历

塔克拉玛干沙漠位于南疆塔里木盆地中心，在维吾尔语里是“进去出不来的地方”，当地人通常称它为“死亡之海”。它西长约 1000 公里，南北宽约 400 公里，面积约 33.76 万平方千米，仅次于非洲撒哈拉大沙漠，为世界第二大沙漠。关于塔克拉玛干沙漠的来历，有这样一个忧伤的传说。

很多年以前，塔里木盆地住着一群勤劳勇敢的少数民族同胞。他们放牧、打猎、耕种，但是生活却始终非常贫困。因为这里的夏季酷热而干旱，偶尔的降水不能满足作物的生长，连最耐干旱的植物都打蔫儿了。人们日日祈祷，夜夜思虑，希望能够引来天山和昆仑山的雪水，浇灌干旱的大地，滋润人们干渴的心田。他们含着泪水的祷告，被一只路过的仙鸟带到了一个老仙人的耳朵里。

老仙人被人们的哀告所感动，决定帮助他们。他拿出自己毕生珍藏的两件宝贝。摩挲良久，然后唤来了自己的两个孩子。

老仙人先拿出一把金灿灿的神斧交给了儿子，让他一定要将这把斧子带给塔里木的人民，让他们劈山取水。儿子郑重地点了点头，将斧子贴身放好，然后飞走了。他把斧子交给了塔里木的人民，人们果然将大山劈开，大股清凉的冰雪融水向塔里木涌来，形成了一条很长很长的塔里木河。酷热消失了，清凉的风一阵一阵扑面而来。牧草和庄稼喝饱了水，挺直了腰杆儿随风舞动。人们欢天喜地，唱起了欢乐的歌儿，载歌载舞起来。

老仙人又拿出一把金色的钥匙交给女儿，让她一定将它带给塔里木的人民，教他们打开塔里木的宝藏，这样就能永远过上富足的生活。女儿笑嘻嘻地接过钥匙出发了。

小仙女一路走，一路看，与清风为友，以小鸟为伴，不多时就到了塔里木。塔里木的人民过上了有水的好日子，日日都如同过节一般歌唱、舞蹈。热闹的气氛深深地感染了小仙女，她忍不住加入到欢庆的队伍中一同舞蹈起来。她的舞姿优美灵动，在篝火的映照下，好似孔雀一般绚丽夺目，人们都为她鼓掌喝彩。舞了一曲又一曲，一直舞到夜色褪去，黎明到来，金色的阳光刺破天际。小仙女被阳光刺痛了眼睛，忽然间想起了那把金色的钥匙和自己的使命。她连忙去拿，却惊出了一身冷汗：钥匙不见了！她浑身上下地翻找，就连头巾和发辫里都找过了，可是那把钥匙却始终没有找到。

小仙女坐在地上放声大哭，哭声传到了老仙人的耳朵里。老仙人掐指一算，钥匙丢了，顿时怒不可遏，但高高举起的巴掌却怎么也舍不得落在女儿的身上。他长叹一声，将女儿留在了塔里木盆地的中央，并在她周围造出无边无际的沙漠，以这样的方式惩罚女儿。

小仙女自知愧对父亲，愧对塔里木的人民，加之法力有限，所以没有走出这个沙漠，人们从此将这个沙漠称作塔克拉玛干，也就是“进去出不来”。而塔里木的宝藏，至今没有人能够找到。

千佛洞与千泪泉

在新疆拜城县克孜尔镇东南 7 公里的明屋塔格山的悬崖上，木扎提河河谷旁，是著名的克孜尔千佛洞。它是龟兹石窟艺术的发祥地之一，和敦煌莫高窟同享中国“四大石窟”之美誉，也是我国开凿最早、地理位置最西的大型石窟群。

明屋塔格山上有一条幽深的山坳，山坳里有一处“千泪泉”。泉水一滴一滴从山间渗出，又从长满苔藓的崖壁上滴落下来，宛若垂落在崖壁上的银色珠帘，叮咚有声，非常悦耳。关于千佛洞和“千泪泉”，流传着这样一个故事。

很久很久以前，龟兹国王有一个独生女儿，生得貌美如花且心地善良，被国王视作掌上明珠。

公主虽然尊贵，但并不娇生惯养。她很喜欢骑射、打猎，还有一手好箭法。有一年，她外出打猎，在木札提河北岸射中了一头鹿。鹿负箭而逃，公主一路追踪，一直追到了明屋塔格山的山坳里。

山风吹来，带来些许凉意，公主四下观望，发现自己的随从一个都没有跟上来。这条山坳之前从没来过，四周万籁俱寂，只有隐隐的流水声和间或传来的小动物的叫声。公主感到了一丝恐惧。

这时候，一个英俊勇武的小伙子忽然出现在公主面前。他的眸子如星星一般明亮，他的声音如同歌声一般动听。他的肩上扛着一样东西，正是公主射中的那头鹿。

小伙子温暖的笑容在公主心中炸开了一朵鲜花，而公主的美貌和英姿也在小伙子心里挥之不去。他们相爱了。

但是国王却坚决反对。将自己的掌上明珠嫁给一个山民，对国王来说是不可想象的。但是看着女儿热切的眼神，国王又不忍心伤害她。两难之际，国王忽然想到了一个妙招。他对小伙子说："我的女儿是尊贵的公主，所以你需要准备一份特别的聘礼。你们在明屋塔格山相遇，那么就请你在山上开凿一千个洞窟吧，让千佛见证你们的忠贞不渝。"

小伙子没有被困难吓倒，而是咬牙接受了这个几乎不可能完成的任务。他没日没夜地在峭壁上开凿，日日无休。公主被国王关在宫殿里茶饭不思，每一刻都在惦念着心上人的安危。

眼看着心爱的女儿日渐消瘦，国王心疼不已，终于打开了门锁，放女儿出来。公主重获自由，立即像鸟儿一般，飞向了明屋塔格山，寻找她那开凿石窟的心上人。

可是一切都已经来不及了。小伙子在开凿到最后一个石窟的时候，实在坚持不住，躺在石头上睡着了，这一睡，就再也没有醒过来。公主赶来的时候，只看见心上人略有余温的遗体。她痛不欲生，抱尸大哭，不论谁来劝，她始终都不愿意起来。她的腿麻了，身体僵了，慢慢地变成了一块滴水的石头，就是人们所说的千泪泉。公主的眼泪千百年来滴不尽，这个故事千百年来也讲不完。

达瓦孜

“达瓦孜”是维吾尔族一种古老的传统杂技表演艺术，意思是高空走大绳，古时称为“走索”“踏软索”等。

传说两千年前，阿克苏地区的乌什县出现了一眼泉。泉水清澈甘甜，水量丰沛，滋润得乌什县牛羊遍野，粮食满仓。百姓们喜爱这眼泉，将它看得比自己的眼睛还宝贵。

有一天，乌什县突然来了三个女人，她们看中了这眼泉，便在泉旁修起了房子，并禁止别人靠近。百姓们坚决反对，拿起坎土曼，要将她们赶走。谁知这三个女人会施妖法，她们呵气成风，覆手为雨，扬起一把土就能制造一场沙尘。乌什县的百姓斗不过这三个妖女，只得到处寻找能人异士。

这时，从遥远的西边来了一个青年人，名叫乌勃利沙拉。他听说了三个妖女害人的事，便想帮助乌什县的百姓。他来到泉眼附近，忽然电闪雷鸣，风雨大作。乌勃利沙拉抬起头来，发现那三个妖女正在云端做法。他大喊一声：“妖女就在那里！大家一起抓住她们！”可是百姓们却皱起了眉头：“云彩那么高，我们怎么够得着啊？”

乌勃利沙拉低头沉吟半晌，说：“我有办法！”他让大家准备了好多又粗又长的木棍，一根一根地接起来，直插云霄。棍子的顶端垂下长而结实的绳索，乌勃利沙拉带了一根特制的长棍做武器，然后顺着长长的绳索爬到了云彩上。

顿时，天空中风云变幻，雷鸣不断。乌勃利沙拉和三个妖女展开了激烈的搏斗，他终于用那根棍子将她们从云端扫落地面。百姓们一拥而上，将妖女们捂嘴抠眼，五花大绑，再也不能施展妖法。

泉眼重新回到了百姓们手中，涌出大股的泉水，灌溉着农田，滋养着牲畜。人们欢呼雀跃，将乌勃利沙拉视作英雄。

后来，人们为了纪念这位青年，就开始练习这种高空踩绳索的运动，并称其为“达瓦孜”。

博斯腾湖的传说

博斯腾湖是中国最大的内陆淡水湖，又名巴喀剌赤海，蒙古语称博斯腾尔，维吾尔语称巴格拉什库勒，古称西海。它位于新疆巴音郭楞州天山南坡焉耆盆地东南，博湖县城东 14 公里处，分为大湖区和小湖区两部分，大湖的面积近 1000 平方千米，小湖的面积仅有百余平方千米。同时，博斯腾湖也是孔雀河的源头。

博斯腾湖周围生长着广袤的芦苇，是中国重要的芦苇生产基地。关于湖和芦苇，有着一个悲伤的故事。

相传很久以前，焉耆盆地还是一片风景如画、水草丰美的大草原。牧民们日出而牧，日落回帐，过着平静而简单的生活。草原上有一对年轻的恋人，小伙子名叫博斯腾，姑娘名叫尕娅，他们青梅竹马，两小无猜，准备择良辰吉日结为夫妻。不想，尕娅在独自放牧时遇到了一个法力通天的仙人，看她长得俊俏，便动了凡心，想让尕娅嫁给他。尕娅誓死不从，仙人大怒，做起法来，让牧草枯黄，让四季错乱。牛羊接连死去，美丽的草原变成了地狱。勇敢的博斯腾与仙人理论，仙人却说:“让我放弃尕娅，将草原恢复原貌，除非你变成湖泊，永世不得为人。”博斯腾咬了咬牙，答应了这个残忍的条件。

仙人将博斯腾变成了湖泊，草原恢复了宁静，但尕娅却痛不欲生，她的眼泪滴进湖水，激起层层细浪。她索性投入湖中，化作繁茂的芦苇，日夜与心爱的博斯腾相依相偎。

哈萨克族与白天鹅

天鹅羽毛洁白，优雅高洁，在人们心目中一直是纯真与善良的化身。遥远的古代，不少民族都以天鹅为图腾，新疆的哈萨克族对白天鹅更是崇拜。他们不仅以天鹅为图腾，而且其族名“哈萨克”就是“白天鹅”的意思，其民族的族徽，也是一只在祥云中翱翔的白天鹅。哈萨克族与白天鹅的不解之缘源自一个古老而美丽的传说。

古时候，有一位年轻的部落首领。他勇敢善战，深受人们的拥护和爱戴。后来，因为一次战争失利，部众四散，他也身负重伤，独自一人误入荒无人烟的戈壁。正值盛夏，戈壁滩上犹如火炉一般，年轻的首领失血过多却得不到治疗，连一口水也喝不到，奄奄一息地倒在地上。这时，天上飞来一只白色的天鹅，用自己的翅膀给他扇凉。

年轻的首领伤势很重，浑身上下布满了伤口。天鹅的眼中流下了泪水，滴在这些伤口上，他忽然觉得不那么疼痛了。天鹅又把他带到湖边，他喝了水之后，伤口完全消失了。白色天鹅突然变成一位美丽的少女，于是两人结为夫妇。

婚后，他们生下一个男孩，取名哈萨克，意即“白天鹅”，成为哈萨克人的祖先。后来，人们在哈萨克族的族徽上绘上了白天鹅，那是哈萨克族人们心目中爱情和青春的象征。

乌尔禾魔鬼城的传说

魔鬼城又称乌尔禾风城。位于新疆准噶尔盆地西北边缘的佳木河下游乌尔禾矿区，西南距克拉玛依市 100 公里。它呈西北、东西走向，长宽约在 5 公里以上，方圆约 10 平方千米，是一处独特的雅丹风蚀地貌，当地的蒙古人称它为“苏鲁木哈克”，维吾尔人称它为“沙依坦克尔西”，意为魔鬼城。

传说，这里原来是一座坚固的城堡，男人英俊健壮，女人美丽善良。人们按四时劳作，过着丰衣足食的生活。然而，随着财富的累积，人与人之间不再亲密无间。他们开始彼此防备，彼此算计，开始有了心眼，有了谎言与隐瞒。有的人开始耽于酒色，有人沉溺于玩乐之中，还有的人被邪恶占据了心灵，开始贪图不属于自己财富。

美丽的城堡变得乌烟瘴气，到处充斥着尔虞我诈甚至流血与谋杀。天神怒其不争，便化作一个衣衫褴褛的乞丐来到城堡，想唤回人们失去的善良，并告诉他们，贪婪和邪恶会让一个富人变成乞丐。然而天神的努力并没有得到回报，城堡里的人们对他嗤之以鼻，甚至极尽取笑与挖苦。天神失望了，他让城堡刮起狂风，直吹了七七四十九天。邪恶被吹散了，城堡也变成了一片废墟。每到夜晚，亡魂们便在城堡内哀鸣，希望天神能听到他们忏悔的声音。

塔里木河

塔里木河全长 2137 千米，是中国第一大内流河，世界第五大内流河，由发源于天山山脉的阿克苏河、发源于喀喇昆仑山的叶尔羌河以及和田河汇流而成。关于塔里木河，还有一个美丽的传说。

据说许多年前，在一条大河边，人们沿河而居，河水养活了一代又一代人，人们都把它比作母亲河，又叫阿娜河。

有一年，阿娜河突然干涸，人们为了争夺宝贵的水源互相残杀。一个叫塔里木的小伙子实在看不下去，便向部落首领请求："请您制止这些残忍的争斗吧！我愿意以生命为代价去寻找水源。"首领问道："这茫茫戈壁，你到哪里去找水？"一位上了年纪的老人说："听说大漠里有一头神奇的鹿，它知道哪里有水源。塔里木，如果你能找到这头鹿，它或许可以帮助你。"塔里木听了，立即收拾行囊，踏上了外出找水的路。

塔里木带着宝剑和心爱的热瓦甫，沿着阿娜河，向上游走了六天。他一路走一路打听，有人告诉他，神鹿现在可能在南面的沙漠里。塔里木便打起精神，向沙漠里走去。

明晃晃的太阳照着金灿灿的沙子，刺得塔里木不能睁眼。一会儿天又变了，狂风四起，沙丘在风的作用下快速地移动着。风停了，塔里木却发现自己迷路了。他东突西撞地走了好久，渐渐地迷失在大漠深处。一阵眩晕袭来，塔里木倒在了沙漠里。

不知道睡了多久，塔里木觉得有一个湿漉漉的东西在舔自己的耳朵。他睁眼一看，发现竟然是那头神鹿！他一骨碌爬起来，抱住鹿的脖子，喜极而泣。这时神鹿口吐人言："我知道你要找到水源拯救你的乡亲们。来吧，到我的背上来，我带你去找。"

塔里木翻身骑到神鹿的背上，神鹿腾空而起，向前飞奔。跑啊，跑啊，跑了好久，跑得塔里木的身体都僵硬了，神鹿终于在一座大山前停住了。它对塔里木说："这座山上有一个洞，洞里有充足的水源。但是这水源旁边有一条恶龙，总是出来害人。天帝为了困住它，便用一块巨石堵住了洞口，任何人无法靠近，恶龙也出不来。现在你要用这个水源去拯救乡亲，就必须把巨石劈开。但是这样一来，恶龙就被放出来了。为了避免祸端，你必须得牺牲自己，将恶龙继续封印在山洞里。塔里木，你可要想好，你愿意这样做吗？"

塔里木挺起了胸膛："为了父老乡亲停止争斗和残杀，我愿意牺牲自己！"神鹿被塔里木感动了，说："塔里木，你是个好人。你拿起你的剑，在我的角上磨一磨，剑就会锋利无比，你就能够劈开巨石了。"塔里木依言磨剑，宝剑果然锋利无比。他转身使劲朝巨石劈过去，只听"咔嚓"一声，巨石裂开了，清澈的泉水奔腾而下。塔里木飞身扑过去，化作细密的藤蔓将巨石的缝隙紧紧地罩住，泉水可以流出来，恶龙却仍然被困在洞里。

阿娜河又有水了，但是塔里木却没有回来。神鹿把塔里木的故事传回了家乡，每一个人都失声痛哭。人们为了纪念他，人们便把阿娜河改叫作塔里木河。

冬不拉的传说

冬不拉是哈萨克族古老的弹拨乐器。它历史悠久，制作简易，音色柔美，富有浓郁的草原风情。

相传很久以前，哈萨克族人在一片大森林里生活。森林里有一只残暴的熊，经常出来伤人。国王无数次地派出勇敢的猎人猎熊，却都没有成功。有的猎人被熊咬死了，即便有些猎人能够幸存下来也受了很重的伤。王子冬不拉不忍，便自告奋勇去除掉这只熊。国王不愿意儿子冒险，说什么都不同意。可是王子却趁夜偷偷地拿着自己的匕首和宝弓进了森林深处。

第二天一早，国王得知王子不见了，急得派出所有的卫兵去寻找，并要求他们一定要将王子安全地带回来。这时的王子已经慢慢地靠近了熊的居所。他细心地将自己伪装起来，然后静静地等待熊的到来。

王子埋伏了很久，腿都蹲麻了，那只熊才出现。它的肚子圆滚滚的，应该是刚刚饱餐了一顿。它慢悠悠地靠近了王子，王子紧紧地握住宝弓，手心都出汗了。

熊突然站住了。它用鼻子嗅嗅，又向四周张望着，发出一声大吼。王子依旧躲藏着，却使出全身的力气拉满了弓，射出一支利箭，正中熊的脖颈。熊吓了一大跳，大吼一声，朝着王子扑来。王子又射出一支利箭，正中熊的前胸。熊没有倒下，王子却已经暴露了自己。他抽出第三支箭，却已经来不及射出去了，

熊已经蹿到他面前。王子急忙拔出匕首，巨大的熊掌已经落了下来。王子来不及躲避，被重重地拍倒在地，而他的匕首正中熊的心脏……

国王派出的卫兵四处寻找，可是一天又一天过去了，却始终没有王子的任何消息。国王坐卧不宁，愁得头发和胡子都白了。他向全国发布告示："谁能将王子活着带回来，赏赐万金；谁带来不幸的消息，就用烧红的铅水灌进他的喉咙。"

牧民们三五成群地出去寻找，终于在密林深处的一条小道上发现了王子和熊的尸体。大家都吓坏了，怎么把这个坏消息告诉国王呢？带去不幸的消息，可是要杀头的啊！最后，一个老牧民自告奋勇地去见国王。

国王焦急地对老牧民说："你知道王子的下落是不是？你快说！要是不说实话，我照样砍掉你的头！"老牧民一言不发，只是拿出一件松木做成的乐器。他坐在地上，轻轻拨动琴弦。琴声一开始雄浑激昂，有骏马的奔驰，有勇士的喊叫；一会儿又变得情势紧张，有压抑的呼吸和脚步的碎响。琴声忽而变得激烈铿锵，有弓弦的响声，还有野兽的怒号。一会儿嘈杂的声响戛然而止，只剩下如泣如诉的风忧伤地划过……

国王听得泪如雨下，"啊！我的儿子已经死了。"巨大的痛苦如潮水一般袭来，国王将面前的一切都摔碎了。他提着宝剑来到老牧民面前，老牧民下跪叩头："尊敬的国王陛下，我什么都没有说。"国王心里明白，但强烈的丧子之痛让他无法控制自己。他命人拿起那只松木制作的乐器，在上面浇上滚烫的铅水，以惩罚它带来了不幸的消息。

从此，哈萨克族有了这种弹拨乐器。为了纪念王子，人们就给这种乐器命名为"冬不拉"。

阿勒泰蝴蝶沟

新疆北部，准噶尔盆地北缘，阿勒泰山南麓，有一个福海县。福海县东北部约 150 公里，溯克兰河北上，有一条秀丽的山谷。谷内泉水叮咚，植被茂盛，景色优美。特别是每年的夏季，数不清的蝴蝶铺天盖地，与百花争艳，当地哈萨克牧民称之为“库别力克布拉克”，意为“蝴蝶沟”。

传说很久很久以前，阿尔泰山上有一个山寨。寨主孔武有力，却只有一个独生女儿。有一年夏天，姑娘进山游玩，遇见一位英俊威武的小伙子，两人倾心相爱。小伙子上门向寨主求亲，寨主却不愿意让独生女儿嫁给一个平凡的人，便提出种种苛刻的条件，有意刁难。小伙子不畏艰险，一一办到了。寨主见难不倒他，便提出了一个几乎不可能完成的要求：让小伙子一日之内到阿尔泰最高的雪峰上采摘两朵盛放的雪莲花。

小伙子为了与心爱的姑娘能够长相厮守，不畏峰高坡陡，毅然前往。然而雪峰艰险，不时有滚石和落雪，小伙子攀爬得险象环生。忽然天气骤变，风雪交加。小伙子被狂风卷下了悬崖，不见了踪影。消息传回来，姑娘痛不欲生，来到小伙子失踪的悬崖上，纵身跳了下去。第二年夏天，崖下的山谷里飞出了两只美丽的蝴蝶。人们都说那是一对有情人的化身。从此，这条山谷就被人们称为蝴蝶沟。

特克斯八卦城的故事

新疆特克斯县是一个因八卦布局而闻名的县城。整座县城呈放射状圆形，街道布局如迷宫般神奇，路路相通、街街相连，被上海吉尼斯总部授予“现今世界最大规模的八卦城”。历史上，塞种、月氏、乌孙、回纥等二十二个民族的人民都曾在这里繁衍生息。关于八卦城，还有一个有趣的故事。

南宋时期，道教全真七子之一、龙门派教主“长春真人”丘处机应成吉思汗的邀请，前往西域传授治国扶民方略和长生不老之道。他用三年时间西游天山，在途中经过了特克斯河谷。这里山刚水柔，景色秀美，让丘处机十分喜爱。于是，他以“八卦”为标准，打算在这里修建一座“八卦城”。七百年后的1936年，“新疆王”盛世才的岳父邱宗浚调任伊犁屯垦使兼警备司令后，在特克斯查勘时发现了“八卦城”的雏形，觉得这里是一块风水宝地，便亲自设计了八卦城图。1938年，县城开始兴建，当时的县长请来俄罗斯专家帮助测量，打桩放线。由于没有线绳，县长就让人买来成捆的布匹撕成布条，然后联结成长长的绳子，又用二十头牛拉犁，犁出了八卦城街道的雏形。

现在的特克斯县城周围牧草茂盛，地势开阔，还有多处常年喷涌的泉水。其中有一眼温泉，名叫阿热善温泉，相传此泉是由乌孙部落的美丽少女玛依娜思念情人的热泪汇成的。

慕士塔格峰的传说

在东帕米尔高原的东南部，新疆阿克陶县与塔什库尔干塔吉克自治县的交界处，有一座海拔 7509 米的山，名叫慕士塔格峰。它与周边的公格尔峰和公格尔九别峰呈鼎立之势，成为帕米尔高原的标志。说起这座被称作“冰山之父”的山，还有一个令人忧伤的故事。

相传很久很久以前，东帕米尔高原上是一片平坦的大草原，没有高山，也没有湖泊。人们在这里游牧，过着清贫却安逸的生活。

草原上有一对柯尔克孜族牧人夫妇，他们恩恩爱爱，和和美美，但是一直没有孩子。人过中年之后，妻子终于怀孕了，并生下了一对漂亮的女儿。但是因为产后虚弱，妻子生下孩子不久就去世了。牧人含辛茹苦，又当爹又当妈，将两个孩子拉扯长大。这两个女儿聪明可爱,但是身体都很孱弱,动不动就生病，牧人为此很是担忧。

一天晚上，牧人做了一个梦，梦见东边有一座高山，山上日月高悬，仙气萦绕。山中有一面宝镜，有起死回生的神效。生病的人要是照一照，马上就会身强体健。牧人醒来后，向人们说起了这个梦，大家都说这太不现实了，帕米尔高原上并没有这样一座山，即使有，不知道要走多远才能到。为了一个梦去寻找，太傻了。

但是牧人并不想放弃。为了两个女儿，他什么都愿意做。他本来想带上两个女儿去找那面宝镜，但是考虑到女儿们体弱，路上可能会有危险，他便托付邻居们好生照顾女儿，只身一人向着梦中的东方神山出发了。

牧人走后，两个女儿每天都向着东方翘首以盼，希望看到父亲归来的身影，但是一天天过去了，牧人始终没有回来。两个孩子的身体一天比一天差了。她们的泪水渐渐地流干了，头发渐渐地变白了。她们化作两座高耸入云的雪山，眺望着父亲归来的方向。

不知道过了多少年，满面风霜的牧人回来了。他真的找到了梦里的神山，怀里揣着那面历经艰险才求来的宝镜。他满心欢喜地奔向自己的家乡，却发现了两座从前没有的雪山。他站在山脚下，山谷中忽然吹来凛冽的寒风。那风声呜咽，正是女儿们的哀哭。牧人心痛如绞，倒在地上，也化成了一座雪山。他怀里的宝镜摔了出来，碎成两半，变成了两个连通的湖泊——喀拉库里湖。湖水清澈碧蓝，像镜子一样倒映着周围的一切。

塔什库尔干石头城

新疆塔什库尔干塔吉克族自治县的石头城是中国历史上最著名的三大石头城之一，距今已有一千四百多年的历史，是古代丝绸之路上一个极有战略地位的古堡。它分内城和外城两部分，呈不规则的方圆形。城内乱石遍地，但保留较为完整，而外城已遭严重破坏，只能见到城墙、炮台和民居的残址。

传说一千四百年之前，色勒库尔国有一位国王。他看见这里是东来西往的交通要道，便想修建一座城堡，供商队歇脚。但是修建城堡谈何容易？不仅要花费很多人工，就连建筑原料都是一个不小的难题。一天，一个过路的老人向国王提出了一个好办法。他让全国的百姓排成行，从塔什库尔干河一直排到阿甫拉西雅布山上。人们形成了一条采挖和传送石块的流水线。经过几个月的昼夜奋战，一座宏大的石头城建成了。此城一直到清朝还发挥着重要的作用，后来被逐渐废弃。而“塔什库尔干”的维吾尔语意思就是“石头城”。

公主堡

古丝绸之路瓦罕走廊一侧4000多米高的山冈上，距离喀什地区的塔什库尔干塔吉克自治县约70公里处，有一个叫作卡拉其峡谷的地方，当地的塔吉克人称它为“克孜库尔干”，意为“公主堡”。它是中国目前所知的海拔最高的古代城堡之一。

一千多年前，高僧玄奘在《大唐西域记》里讲述了公主堡的故事。据说曾经有一位波斯王子求娶来自东方的汉族公主。东方的皇帝感动于求亲使者不远万里而来，便将一位公主嫁给了王子。

送亲的队伍浩浩荡荡，一路西行。走到塔什库尔干附近的时候，他们遇到了战乱，被困于此。大家为了公主的安危，决定暂停前进，避祸于此，便找到一个陡峻的山崖，修建了城堡，将公主安置于此，周围布满了禁卫，任何外人不能上山，就连食物都是通过吊篮吊上去的。

过了几个月，战乱平息了，送亲队伍打算继续西行。可就在这时，他们发现，公主竟然怀孕了！这件事情非同小可，一旦被波斯王子知道，必然会招来杀身之祸。送亲的大臣们将卫兵和侍女抓起来严刑拷问，卫兵们一无所知，贴身侍女却供述，称每天中午都会有一个骑着金色骏马的男子从太阳中下来与公主相会。

公主未婚先孕，既不能前往波斯完婚，也不能返回自己的国家。送亲的大臣们商量了很久，最终决定在此成立一个新的国家。他们将原有的城堡加固扩建，城堡前方，西来的喀喇楚库尔河和南来的红其拉甫河汇合，注入奔腾的塔什库尔干河。城堡后方，高耸入云的皮斯岭达坂，险峻挺拔。

又过了几个月，公主顺利产下一个俊美的男婴，人们将他立为国王，即朅盘陀国的第一任国王。又过了若干年，这个国家消失在了历史的烟尘里。